Henry Gréville

Le passé

Roman

 Le code de la propriété intellectuelle du 1er juillet 1992 interdit en effet expressément la photocopie à usage collectif sans autorisation des ayants droit. Or, cette pratique s'est généralisée dans les établissements d'enseignement supérieur, provoquant une baisse brutale des achats de livres et de revues, au point que la possibilité même pour les auteurs de créer des œuvres nouvelles et de les faire éditer correctement est aujourd'hui menacée. En application de la loi du 11 mars 1957, il est interdit de reproduire intégralement ou partiellement le présent ouvrage, sur quelque support que ce soit, sans autorisation de l'Éditeur ou du Centre Français d'Exploitation du Droit de Copie , 20, rue Grands Augustins, 75006 Paris.

ISBN : 978-3-96787-623-9

10 9 8 7 6 5 4 3 2 1

Henry Gréville

Le passé

Roman

Table de Matières

Chapitre I	7
Chapitre II	19
Chapitre III	23
Chapitre IV	30
Chapitre V	39
Chapitre VI	41
Chapitre VII	48
Chapitre VIII	53
Chapitre IX	60
Chapitre X	63
Chapitre XI	69
Chapitre XII	78
Chapitre XIII	82
Chapitre XIV	92
Chapitre XV	100
Chapitre XVI	103
Chapitre XVII	109
Chapitre XVIII	117
Chapitre XIX	126
Chapitre XX	132
Chapitre XXI	137
Chapitre XXII	141

Chapitre I

La main de Sylvain Marsac n'était pas tout à fait aussi assurée que de coutume, lorsqu'il poussa la porte vitrée du vestibule qui conduisait au grand escalier. Sous son tapis sombre, aux couleurs fondues, l'escalier lui-même était-il plus rude à monter que les autres jours ? Le timbre de la porte aux vantaux sculptés lui brûlait-il les doigts, qu'il se reprit à deux fois avant de le faire résonner ?

Une telle hésitation était rare chez Sylvain, et lui-même semblait s'en trouver décontenancé. Cet homme de quarante ans, – peut-être un peu plus, – bronzé par tous les soleils, aguerri à toutes les difficultés d'une vie périlleuse, n'était pas familier avec le doute et la timidité ; ceux-ci étaient des ennemis que le voyageur n'avait guère rencontrés.

Un instant, il fut pourtant sut le point de rebrousser chemin, mais il se raidit, et ses épais sourcils se froncèrent.

– J'ai promis, dit-il presque tout haut.

Il se découvrit, passa la main sur la forêt de cheveux drus et grisonnants qui couronnait son large front, remit son chapeau et sonna.

Le valet qui ouvrit le salua respectueusement, avec la nuance de bienséante familiarité permise à un vieux serviteur envers un hôte qui vient tous les jours. Sylvain Marsac lui donna son pardessus et passa outre, en homme sûr d'être bien accueilli.

Il traversa une salle à manger somptueuse où la vieille argenterie jetait des éclairs dans le noir des hauts buffets anciens. Le soir venait ; le mobilier du grand salon, de couleurs claires et délicates, semblait assombri par l'ombre crépusculaire ; au fond de l'appartement, une petite pièce tapissée d'étoffe d'un ton chaud et velouté paraissait par contraste avoir gardé les dernières lueurs du jour sur les ors des cadres, les facettes des girandoles en cristal de roche, et sur les menus objets qui font une demeure aimable.

Assise près de la fenêtre sur une chaise toute droite, la baronne de Grandpré lisait, penchée sur son livre, disputant les pages à l'ombre envahissante. Au bruit des pas de Marsac, elle releva la tête et posa son livre sur une table sans faire d'autre mouvement que d'étendre le bras.

Dans cette clarté indécise, sous les reflets du store de dentelle, sur ce fond obscur, la baronne était encore très belle, malgré ses quarante-huit ans. Les cheveux gris, qui formaient un diadème à sa tête hautaine, ajoutaient un charme adouci à la noblesse des lignes de son visage. Ses yeux foncés n'étaient pas durs quand ils se posèrent sur le visiteur, et elle lui tendit sa belle main avec un sourire affectueux.

– Vous avez bien fait de venir, dit-elle ; je me perdais les yeux à m'entêter sur ce livre.

– En vaut-il la peine ? demanda Marsac, après avoir baisé la main qui lui était offerte.

Il regarda la couverture du volume. C'étaient des vers, – des vers modernes, – où s'exhalait le cri d'une âme en détresse : surpris, il reporta son regard sur la baronne qui souriait encore d'un sourire un peu railleur, en se reposant contre le dossier de sa haute chaise.

– Cela vous étonne ? dit-elle. Je ne vous vois seulement pas. Voulez-vous sonner pour qu'on apporte les lampes ?

– Pas encore, répondit Sylvain. Si cela vous était indifférent, je préférerais ce demi-jour quelques instants de plus.

Elle se redressa tout à coup, et d'une voix brusquement changée :

– Vous avez quelque chose à me dire ? fit-elle, avec une étrange appréhension.

– Nous avons à causer ensemble, répliqua Marsac d'un ton calme.

Par un contraste assez naturel, en voyant la baronne se troubler, il avait reconquis son assurance.

Elle le regarda pendant le quart d'une seconde avec des yeux qu'il sentait, dans l'obscurité croissante, perçants et scrutateurs.

– Vous avez vu le baron ? fit-elle presque bas.

– Oui, madame ; je l'ai vu, ce matin.

– Il vous a chargé d'un message pour moi ?

– Pas précisément... Ce que j'ai à vous dire est bien délicat, chère madame... Si vous me questionnez ainsi, je ne pourrai jamais...

Elle se leva, déployant sa haute taille encore souple et fine ; d'un mouvement très noble, elle se dirigea vers la cheminée et sonna.

Le valet parut, portant deux lampes ; il en posa une sur la cheminée et l'autre au fond du petit salon, qui se trouva brillamment éclairé.

Chapitre I

La baronne s'assit de façon à mettre son visage en pleine lumière et indiqua à Marsac un fauteuil en face d'elle.

– Parlez, fit-elle simplement. En toutes choses j'aime la clarté.

Marsac n'avait pu se défendre d'un mouvement d'admiration en la voyant si brave, – et, faut-il le dire ? si belle.

Elle le lut sur son visage et sourit légèrement, car elle avait conscience de son impérissable beauté et ne faisait pas fi d'un tel hommage ; mais son angoisse involontaire résistait à ses efforts pour la surmonter, et le sourire trembla sur le coin de ses lèvres. Un léger mouvement d'impatience la trahit mieux encore, et Sylvain n'osa plus reculer.

– Mlle Gilberte va avoir dix-huit ans, cet été, si je ne me trompe ? dit-il.

La baronne fit un signe affirmatif sans cesser de le regarder.

– Vous aviez songé, continua-t-il, à la retirer du couvent lorsque ses études seraient terminées ?

Un nouveau signe lui répondit.

– Permettez-moi de vous poser une nouvelle question : Votre intention est-elle de prendre Mlle Gilberte avec vous ?

– Naturellement.

– Et de la présenter dans le monde ?

Les traits de la baronne se contractèrent péniblement.

– Vous savez, dit-elle, combien est restreinte la société que je vois. Quelques amies de ma mère qui m'ont gardé leur affection quand même, quelques parentes, deux ou trois femmes de bien qui ont pris mon parti en dépit de tout... et Dieu sait que, celles-là, je les en remercie ! Des hommes... des hommes âgés... Vous êtes le seul jeune parmi cette phalange.

– Avec mes cheveux gris ! fit Sylvain en riant d'un petit rire nerveux.

– Vos cheveux gris sont jeunes parmi ces cheveux blancs ! Et d'ailleurs, mon ami, ne vous en défendez point. Vous êtes jeune de cœur et d'années... Vous êtes le seul homme encore jeune qui pénètre ici...

– Voilà dix ans que vous m'avez honoré de votre confiance...

– Dites : mon amitié ; c'est la même chose. Eh bien, mon ami, voilà le monde dans lequel je présenterai ma fille.

– Et dans lequel vous comptez la marier ?

La baronne jeta à Marsac un regard presque cruel.

– Pourquoi me dites-vous cela ? fit-elle impérieusement. Vous savez bien que je ne puis... que je ne puis la présenter ailleurs, ni la marier autrement, probablement pas la marier du tout...

Un soupir d'impatience acheva sa pensée.

– Madame, reprit Sylvain, ne me croyez pas indiscret, je vous en supplie. Si vous saviez combien ce que j'ai à vous dire est difficile, périlleux, presque impossible... vous seriez plutôt tentée de me plaindre.

Elle essaya de lire sur les traits de son visiteur, mais ce visage était impénétrable, quoique empreint de la plus respectueuse sympathie.

– Mademoiselle votre fille, – je n'ai jamais eu l'honneur de la voir, – vous ressemble-t-elle ?

– Non. Elle ressemble plutôt à son père.

Sylvain demeura muet un instant. La baronne l'examinait avec une sorte d'anxiété.

– Brune ? fit-il.

– Non, blonde. Je vous ai dit qu'elle ne me ressemble pas. C'est mon fils qui me ressemble.

Un soupir lui échappa, arraché aux profondeurs de ses entrailles, presque un sanglot, aussitôt retenu, étouffé.

– Vous l'avez vu, mon fils, continua-t-elle avec une intensité de tendresse qui faisait mal. Il va bien ? Il est beau, n'est-ce pas ?

– Il est superbe. Je l'ai rencontré, l'autre jour, chez le baron, en grand uniforme ; il avait une prestance, un air noble... Vous avez raison, madame, il vous ressemble. C'est un des plus beaux hommes de ce temps.

Soudain, à la grande surprise de Marsac, la baronne ensevelit son visage dans ses mains et resta immobile. Il n'osait parler ni faire un mouvement, lorsqu'elle leva vers lui son visage inondé de larmes.

– Il me hait, dites la vérité, Marsac, il me hait ! Je le sais ; sa haine est si forte qu'il ne peut même pas la cacher ! Il avait dix-sept ans lorsqu'il a voulu tuer... elle baissa la voix instinctivement... tuer le malheureux... que j'aimais... Vous n'avez pas connu tout cela, vous... Vous n'êtes venu qu'après, lorsque, – elle le regarda bien en face et acheva : lorsque j'étais veuve de M. de Tinsay.

– Lorsque votre dévouement et votre malheur vous attiraient toutes les sympathies et la mienne surtout...

– Oui, vous êtes un peu Don Quichotte, vous... Dites plutôt : lorsque j'étais la fable et le scandale de tout Paris... Oh ! je le sais, allez ! les journaux ont parlé de moi ; – on a imprimé que la baronne de Grandpré était veuve de son amant : Hector de Tinsay ! C'était très spirituel, probablement ! Je ne leur avais pourtant pas fait de mal !

Elle essuyait ses lèvres avec son fin mouchoir, comme pour en arracher le dégoût de ce fiel qu'il lui avait fallu boire.

– Il a bien fait de mourir, M. de Tinsay ; sans cela, mon fils l'aurait tué... Il l'avait manqué une première fois, il aurait mieux visé une seconde... Je n'osais plus le laisser sortir seul ; je m'étais dit que, en voyant sa mère entre lui et l'homme dont il voulait se défaire, cet enfant de dix-sept ans hésiterait peut-être à tirer... Oh ! mon Dieu ! j'ai vu tout cela, et je vis encore !

La baronne de Grandpré essuya ses yeux et son front d'un geste désespéré.

– Qu'êtes-vous venu me dire ? reprit-elle, car aujourd'hui, vous n'êtes pas mon ami, vous êtes un messager, un avocat, un juge peut-être. Allons, parlez donc ! Que pouvez-vous m'apprendre de pire que tout ce que j'ai déjà entendu ? Venez-vous de la part de mon fils ? Cela... cela me toucherait au cœur, je l'avoue... Pour le reste !...

Son geste de désintéressement suprême révélait en même temps une énergie latente presque incroyable ; le malheur avait passé sur cette femme sans l'abattre, peut-être même sans la courber, elle avait encore des forces pour la lutte.

Marsac reprit courage ; après ce qu'il venait d'entendre, sa tâche, si dangereuse qu'elle fût, n'était plus tout à fait impossible à accomplir.

– C'est de votre fille que je veux parler, reprit-il. Mlle Gilberte atteint l'âge où les études s'achèvent ; elle est charmante, à ce qu'on dit ; elle a tous les droits au bonheur ; il faut qu'elle l'obtienne... Je suis certain que, pour le lui donner, vous ne reculerez devant aucun sacrifice.

– Vous me faites peur ! dit la baronne presque bas, en le regardant fixement.

– Rassurez-vous, je vous en conjure. Je vous disais tout à l'heure que j'ai vu le baron ce matin ; nous avons parlé de vous ; il sait quelle affection profonde et respectueuse je vous ai vouée ; il sait aussi que vous m'honorez de votre confiance ; cela seul peut excuser la nature de l'entretien que nous avons eu, et le résultat de cet entretien que je suis venu vous soumettre.

Mme de Grandpré regardait toujours Sylvain, avec la même expression mêlée de courage et d'angoisse. Il eût beaucoup donné pour pouvoir abréger son discours ; mais comment aborder sans circonlocutions un sujet si terriblement délicat ? Il continua, pesant chaque mot, redoutant une méprise de sa langue, une faiblesse de son cerveau, qui dresserait devant lui cette femme outragée pour le bannir à jamais.

– Vous m'avez dit que Mlle Gilberte ressemble à son père, reprit-il ; elle est blonde comme... le baron... il ne l'a pas vue depuis qu'elle est au couvent ?

La baronne fit lentement un geste négatif :

– Il ne l'a pas vue depuis que je l'ai emmenée, en quittant sa maison, dit-elle.

– Savez-vous pourquoi ?

– Je suppose qu'il la déteste, parce que je l'aime, répondit-elle après un court silence.

– Vous ne voyez pas d'autre raison ?

Mme de Grandpré se leva d'un mouvement brusque ; Marsac fit de même, et ils se regardèrent, tremblant tous les deux : lui, de frayeur de l'avoir offensée ; elle, de colère.

– Parlez franchement, dit-elle d'une voix contenue où vibrait une indicible amertume : le baron vous a chargé de me demander si sa fille lui appartient par le sang ?

Marsac s'inclina respectueusement, puis releva la tête, cherchant les yeux de la baronne.

Elle le regardait froidement, sans plus d'indignation ; le flot pourpré monté à ses joues sous l'outrage de cette pensée redescendait lentement, laissant la pâleur ambrée reprendre ses droits sur le beau visage sévère.

– Je n'avais pas mérité cette insulte, dit-elle ; ma seule vertu peut-être a été la franchise : celle dont j'ai fait preuve en quittant la maison du baron le jour où j'ai jugé qu'un amour étranger était incompatible avec mes devoirs d'épouse ; cette franchise-là, qui m'a coûté l'estime du monde et... l'amour de mon fils, aurait dû me garantir contre un soupçon... misérable.

Avec un geste de dédain, très légèrement indiqué, elle se laissa retomber sur son siège. Marsac s'approcha et baisa respectueusement la dentelle qui couvrait le poignet de la baronne, en s'inclinant si bas, qu'on l'eût pu croire agenouillé.

– Pardonnez-moi, madame, dit-il ; je n'en avais jamais douté ; mais le baron, qui m'a envoyé, en messager de paix, – vous pouvez m'en croire, – souhaitait un mot de vous pour dissiper l'incertitude qui eût été un obstacle éternel à la réalisation de ses désirs. Il demande, et vous ne pouvez pas le lui refuser, que Mlle Gilberte rentre dans la maison paternelle, pour y reprendre sa place d'enfant aimée, qu'elle n'a jamais perdue, je vous assure.

– Gilberte chez son père ? Il veut me la prendre ?

– Non, madame. M. de Grandpré n'a qu'un désir : c'est de vous y voir rentrer avec elle.

La baronne resta immobile ; on eût pu croire qu'elle n'avait pas entendu. Un flot de larmes depuis longtemps amassées se frayait lentement un chemin de son cœur à ses yeux, remuant sur son passage tout un monde d'impressions, de douleurs étouffées, presque oubliées, mais prêtes à se réveiller, à surgir devant elle avec la férocité des implacables souvenirs.

Elle se redressa enfin, refoulant l'émotion, comme elle avait refoulé la colère, et parla d'une voix légèrement sombrée, seul indice de son agitation intérieure.

– Mon mari, dit-elle, souhaite que je rentre chez lui, avec ma fille, afin que Gilberte puisse aller dans le monde, et se marier, si je comprends bien ? S'est-il rendu compte de ma situation vis-à-vis de ce même monde ? Une femme qui a abandonné la maison conjugale, voilà dix-sept ans passés ; qui a vécu douze ans avec son amant, et qui en a pris le deuil pour ne plus le quitter, peut-elle rentrer chez son mari sans provoquer un scandale plus grand peut-être que lors de son départ ?

– C'est l'avis du baron ; si j'osais, j'ajouterais que c'est aussi le mien. Le monde n'est pas aussi cruel... pardon, fit Marsac, en se reprenant sur un geste de la baronne, il est plus léger que vous ne le supposez ; bien des gens ont oublié les événements dont vous parlez ; la plupart vous croient séparée de votre mari pour des différends de peu d'importance ; et puis... le motif qui a porté M. de Grandpré à vous adresser cette proposition n'est-il pas de nature à vous faire dédaigner quelques ennuis personnels ? Il s'agit de l'avenir et du bonheur de votre fille !

– Vous avez raison de me parler de ma fille, Marsac ; sans quoi, je ne vous laisserais pas même effleurer cette question. Savez-vous pourquoi j'ai commis ce qu'on appelle une faute, ce qui a été peut-être le plus grand acte de courage de ma vie ? Non ? Le baron ne vous a point conté cette histoire ? Je vais vous la dire. Asseyez-vous et écoutez-moi.

La baronne semblait très calme, maintenant. Elle parlait avec une sorte de détachement mélancolique et hautain qui rejetait bien loin dans le passé les choses brûlantes dont elle évoquait le souvenir.

– J'étais mariée depuis douze ans, dit-elle ; mon fils, Paul, était dans sa dixième année lorsque je rencontrai M. de Tinsay. Je n'ai pas à vous parler de lui, vous ne l'avez pas connu... Vous ne me comprendriez pas. C'était le charme incarné... Mais ces choses ne peuvent s'expliquer... Peu après notre première rencontre, je m'aperçus que, depuis longtemps, je n'aimais plus M. de Grandpré. Je l'avais aimé très sincèrement, comme on aime son mari quand on a dix-huit ans et qu'on est une brave, honnête petite fille ; à vrai dire, je n'avais jamais compris grand-chose à sa manière d'être ; mais il paraissait m'aimer.

– Il vous aimait, interrompit Marsac à voix basse.

– C'est possible. J'avais vécu fort tranquille jusque-là, me croyant heureuse, lorsque je fis la découverte de mon indifférence à l'égard de M. de Grandpré. Bientôt après, je vis que M. de Tinsay m'aimait, et je sus enfin que je l'aimais. Ce n'est pas sans remords, croyez-le bien, ce n'est pas sans une horrible douleur qu'une femme pure voit dans son âme un amour illicite remplacer celui qu'elle a juré à son mari... Ce sont des combats, des terreurs, des angoisses dont vous ne pouvez pas vous faire une idée. Je souffris pendant plusieurs mois d'incroyables déchirements, mais la passion fut la plus forte.

Chapitre I

J'aimais M. de Tinsay d'un amour unique, absolu, et l'on eût dit que tous mes efforts pour étouffer cet amour n'avaient servi qu'à le rendre plus âpre et plus exigeant.

Nous ne nous étions rien dit cependant ; chacun de nous mettait toute son énergie à cacher ses sentiments, et je crois que nous ne nous serions jamais fait d'aveu... Ne souriez pas, Marsac ! Il y a des gens qui savent cacher ces choses-là, et en mourir. Mais le destin voulut que M. de Grandpré se prît à ce moment-là pour moi d'un goût passionné, au moins étrange après dix ans de mariage. Il ne me quittait plus, et m'accablait des preuves d'un amour qui me devint absolument intolérable.

– Il souffrait, dit doucement Marsac.

La baronne baissa les yeux comme pour regarder en elle-même, puis reprit d'une voix plus brève, avec une sorte de fièvre croissante :

– C'est encore possible. Mais il me fit cruellement souffrir. J'en aimais un autre, je l'aimais follement, sans joie, sans espérance, avec toute l'horreur que m'inspirait le sentiment de ma déchéance morale... Je doute que vous ayez jamais entendu ni deviez jamais entendre semblable confidence : écoutez donc celle-ci !

Avec un mari indifférent, je serais restée fidèle à mes devoirs, la tendresse exaspérée de M. de Grandpré m'affolait ; tout en lui me devenait odieux, lui surtout ! Je supportais ma misère, cependant, forte de mon silence et aussi de ma vertu, – car j'avais de la vertu et du mérite, vous pouvez m'en croire : alors arriva un malheur... Ce malheur fut Gilberte.

Non ! vous ne comprendrez jamais le martyre que peut endurer une femme ardemment éprise d'un homme auquel elle se reproche même de penser, lorsqu'elle se voit exposée à ses yeux aux ridicules d'une prochaine maternité. Il y avait là pour moi quelque chose d'épouvantable, une profanation de ma personne... Si vous ne sentez pas cela, ce n'est pas la peine que je vous le dise ! J'eus envie de mourir, et je serais morte, si j'avais cru que j'avais le droit de faire disparaître en même temps que moi-même le pauvre petit être dont l'existence me causait une telle honte. Bref, Gilberte vint au monde, et, après sa naissance, je vis que rien n'était changé, que j'étais toujours aimée par celui qui était devenu mon idole... Vous ne savez pas, Marsac, combien des sentiments pareils s'exaltent dans le silence et dans les larmes. Quand je revis M. de Tinsay après cette épreuve, il me sembla que le ciel s'était rouvert pour moi.

Je revenais de chez ma mère, où j'avais passé l'automne pour achever de me remettre, et j'étais dans un état d'esprit bien étrange ; tout le passé me semblait avoir disparu. Sauf mes enfants, qui m'étaient plus chers que tout, – oui, même que mon amour, – rien ne me paraissait plus digne d'intérêt ; j'avais recommencé une vie nouvelle, je voulais me consacrer à ma petite fille, ma Gilberte, envers laquelle j'avais des remords... Je me reprochais de ne pas l'avoir assez aimée avant... M. de Grandpré reparut après une absence de plusieurs mois... Que voulez-vous que je vous dise ? Sa présence me rappela tout ce que j'avais voulu oublier : il m'aimait toujours, et plus que jamais ; j'eus peur de le haïr, malgré moi, jusqu'au crime ; je me sentais incapable de recommencer à subir les tortures des deux années qui venaient de s'écouler. Je changeais à vue d'œil, et l'envie de mourir me reprenait plus impérieuse. M. de Tinsay parla enfin ; je n'eus pas une minute la pensée de cacher une faute que je sentais inéluctable, et, au lieu de mentir, de tromper, de me déshonorer à mes propres yeux et à ceux de deux hommes, l'un que je respectais, l'autre que j'adorais... je m'en allai, bravement... quittant mes enfants, ô Dieu !... J'ai fait mal... oui ; mais j'ai été bien punie !

La baronne avait parlé tout d'une haleine, fiévreusement, avec un frémissement contenu dans la voix ; ses mains étaient glacées ; elles les tendit vers le foyer pour les réchauffer, et Marsac les vit trembler. Ce ne fut qu'un moment. Elle reprit sur-le-champ possession d'elle-même.

– Voilà mon histoire, dit-elle ; je ne cherche pas à atténuer mes torts, vous le voyez ; j'ai voulu échapper à un supplice que je ne pouvais plus endurer, voilà tout. Ma mère a pris Gilberte, Paul est entré au lycée, mon mari s'est bien conduit... très bien. Mais il n'aurait pas dû douter un seul instant pour Gilberte. J'avais payé assez cher la naissance de la pauvre enfant pour que ma bonne foi ne fût pas soupçonnée.

– Il ne faut pas lui en vouloir, dit Marsac fort ému lui-même ; vous avez souffert assurément ; mais, de son côté, le baron a été éprouvé d'une façon bien douloureuse : il vous aimait...

– C'est vrai, il m'aimait, dit la baronne en regardant le feu, qui s'écroulait en braises ardentes.

– Par ce que vous avez souffert dans votre amour contrarié, jugez de ce qu'il a pu endurer quand vous êtes partie !

– Ne parlons pas de cela, fit Mme de Grandpré, avec un mouvement d'impatience. Mon mari veut que je rentre chez lui ? J'y consens, mais voici comment : il ne sera fait aucune allusion au passé ; nous vivrons comme des gens bien élevés qui ont choisi un logis commun pour simplifier leur vie, mais rien de plus. Quand Gilberte sera mariée, je reprendrai ma liberté. Si le baron accepte ces conditions, j'accepterai les siennes.

– Le baron n'a point posé de conditions, dit Sylvain, et je suis persuadé qu'il ne veut en rien vous contraindre. Nous voici à la fin d'avril ; Mlle Gilberte sortira du couvent à la fin de juillet ; vous avez trois mois devant vous pour la préparer à son retour dans sa famille.

La baronne n'entendait pas ; appuyée à la cheminée, elle regardait les flammes bleues courir sur les braises amoncelées. Elle releva la tête et fixa sur Sylvain ses deux yeux sombres, magnifiques, dont l'âge n'avait point encore amorti l'éclat ; ces yeux si durs tout à l'heure étaient maintenant d'une douceur veloutée.

– Vous êtes un ami, vous, Marsac, dit-elle à mi-voix, comme si elle se parlait à elle-même ; depuis des années je vous ai toujours connu pareil, et votre désintéressement m'a plus d'une fois touchée. Pourquoi m'aimez-vous de la sorte ? Je suis dure souvent aux autres... et à moi-même... Ah ! oui, dure à moi-même ! Je me dis parfois des choses !...

Elle s'arrêta, baissant la tête, comme pour chercher au fond de son âme, puis reprit d'une voix à peine distincte :

– Je me suis dit bien des fois que j'aurais dû mourir... Est-ce par lâcheté que j'ai vécu ? Non ! La souffrance de vivre seule, après avoir perdu celui qui me tenait lieu de tout, était bien pire qu'une mort, n'importe laquelle. Je ne sais vraiment pas pourquoi je n'ai pas su mourir !

– Gilberte, dit très doucement Marsac.

– Gilberte ? Je ne crois pas... C'était plus vague... Sait-on pourquoi l'on vit quand la mort serait une solution si commode ? J'ai vécu sous les humiliations... Vous savez si je suis fière, Marsac ! Pouvez-vous comprendre alors à quel point j'ai été humiliée ?

Elle redressait la tête avec un air de défi, bravant encore le monde, même sous le poids de l'injure ressentie.

– J'ai bu le fiel jusqu'au fond, reprit-elle ; pas une offense, si légère qu'elle pût être, pas une insulte, si bien déguisée qu'elle fût, ne m'a laissée indifférente : tout est entré là !

De son doigt rigide, elle indiqua son cœur.

– Là, tout s'est gravé en traits impérissables. Les années ont passé, apportant aux autres le dédain ou l'oubli de ma personne... Moi, je n'ai rien oublié. Après quinze ans, je revois le sourire moqueur de telle femme, l'air prude de telle autre ; je me rappelle un salut non rendu, un visage qui s'est détourné... mes amies n'osant plus me voir, et mes ennemies, – car j'en avais déjà, Marsac, au temps de ma vertu ; j'étais trop riche, trop admirée, cela les exaspérait ! – mes ennemies triomphantes, colportant des détails, inventés, Dieu le sait ! Car personne n'a jamais connu un mot de ce qui se passait dans ma vie ou dans mon âme, tant qu'il a vécu... Ah ! oui, j'ai souffert l'humiliation ! – Et malgré cela, regardez-moi, Marsac : je suis brisée, mais je ne me sens pas vaincue !

En effet, elle n'avait pas l'apparence d'une vaincue ; frémissante d'indignation, elle faisait face au monde, son ennemi, prête à lui livrer encore bataille.

– C'est ainsi qu'il faut être, dit Marsac, en se levant pour la quitter. Le baron n'entend pas qu'il en soit autrement ; sa dignité et la vôtre exigent que vous soyez respectée dans sa maison. Je vais lui porter la bonne nouvelle ; il en sera heureux.

La baronne fit deux pas vers lui.

– Dites-lui, fit-elle, que je suis contente pour Gilberte qu'il ait eu cette idée ; je ne l'aurais pas eue, je l'avoue, et, pourtant, c'est le seul moyen de ne point commettre une cruelle injustice envers la pauvre enfant... la pauvre enfant !...

Elle répéta ce mot une fois encore avec une indicible pitié, les yeux perdus dans un angle obscur où elle voyait peut-être passer l'enfance de Gilberte, ignorée de son père toujours absent, privée souvent des caresses de sa mère, tout entière absorbée dans sa passion exultante.

– Je le lui dirai, répondit Marsac, et merci.

Il sortit ; la baronne resta assise près du feu, légèrement penchée en avant, comme pour voir de plus près un objet éloigné... Ce qu'elle cherchait à distinguer ainsi, c'était sa vie.

Chapitre II

À Sylvain Marsac, Mme de Grandpré n'avait dit que la vérité ; la franchise avait été la grande vertu de son existence, bouleversée par une de ces passions pareilles à des cyclones qui renversent tout sur leur passage.

Hector de Tinsay avait été, en effet, l'un des hommes les plus séduisants qui se puissent imaginer. Né d'une mère smyrniote, élevé en Grèce jusqu'à sa quinzième année, il possédait la beauté et la grâce ; une âme exquise le complétait. Nul doute que, de son côté, il n'eût éprouvé des remords à la pensée que son amour troublait le repos de la femme pour laquelle il fût mort avec joie ; mais quand ils eurent résolu de fuir ensemble, il ne songea plus qu'à la consoler.

Il avait fait le sacrifice de sa vie et fut surpris que M. de Grandpré ne vînt pas le lui demander. Avec une sorte de détachement fataliste, il se fût laissé tuer, offrant sa mort en expiation à une sorte de Némésis chrétienne, dans l'espoir que la terrible divinité se contenterait d'une victime et que sa chère Marthe trouverait après lui l'apaisement avec le pardon.

Cet héroïsme peu mondain, fruit chimérique d'une jeunesse passée en dehors du milieu parisien, n'avait point trouvé d'emploi : le baron n'avait pas cherché à poursuivre les fugitifs, pas même, suivant la formule consacrée, à venger son honneur. Lorsque, après avoir longtemps voyagé, les amants revinrent à Paris, il ne sembla point s'en préoccuper. Hector de Tinsay en fut blessé ; cette indifférence ressemblait trop à du dédain ; cependant, il garda le secret de son humiliation. Peu après, il eut à subir une bien autre épreuve, terrible et fort inattendue.

Gomme M. de Tinsay rentrait chez lui à pied, un dimanche d'automne, à la tombée de la nuit, il distingua près de la porte de sa maison une forme juvénile qui semblait attendre. Quoiqu'il ne l'eût vu que tout enfant, Tinsay n'hésita pas à le reconnaître. C'était Paul, le fils abandonné de la femme adultère. Douloureusement saisi, Hector allait rebrousser chemin pour éviter cette rencontre ; mais déjà le jeune homme, pâle d'émotion, s'avançait vers lui.

– Mon père vous a épargné, monsieur, dit-il ; moi, je ne serai pas si clément.

Et il fit feu sur lui.

Le cliquetis du fer sur le fer se fit seul entendre : le coup avait raté. Comme Paul tirait une seconde fois, Tinsay lui saisit le poignet, et la balle déviée se logea dans sa manche.

Sans proférer une parole, il arracha l'arme au jeune homme stupéfait et entra dans la maison, avant que le bruit eût attiré l'attention des rares passants de cette rue tranquille.

Il aurait voulu cacher à son amie ce qui venait de se passer ; mais le revolver qu'il tenait à la main, lorsqu'elle accourut à sa rencontre ; la légère égratignure qui teintait son poignet de sang, ne lui permettaient pas de nier, et il n'avait pas la présence d'esprit nécessaire pour inventer une histoire. À travers l'embarras et les réticences de son amant, elle devina sur-le-champ.

Ce qu'elle souffrit alors, nul n'en connut l'amertume, car elle s'enferma à ce sujet dans un silence absolu. Vainement il la supplia de parler, de décharger son cœur d'un poids si lourd, lui assurant qu'il n'attachait aucune importance à cette équipée d'un enfant ; la mère se tut, le remerciant seulement du regard pour toutes les choses tendres qu'il trouvait à lui dire et lui serrant convulsivement la main lorsqu'il prononçait quelqu'une de ces paroles qui dévoilent la beauté d'une âme pour ainsi dire surhumaine.

Elle n'en parla jamais. Depuis ce jour-là jusqu'au moment de son dernier entretien avec Marsac, personne n'eut connaissance de cet incident ; mais, comme elle l'avait dit à Sylvain, elle ne laissa plus son ami sortir seul autrement que dans sa voiture. Lorsque Hector mourut, quelques années plus tard, elle ne fut pas moins héroïque et silencieuse. Il fut enlevé en huit jours, par une fluxion de poitrine, sans presque avoir souffert, sans avoir eu conscience de son état. Quand il eut cessé de respirer, elle se pencha sur lui pour écouter encore, mit une main sur le cœur qui ne battait plus et se redressa avec un étrange sourire sur ses lèvres blêmies.

Chapitre II

« Au moins je l'ai gardé jusqu'à la dernière minute, pensa-t-elle, et il n'a pas eu à me pleurer ! Depuis le premier jour jusqu'à cette heure, en ce qui dépendait de moi seule, je ne lui ai pas causé un seul chagrin. »

Une autre pensée, effrayante, celle-là, traversa son cerveau surexcité :

« Paul sera content !... »

Celle-ci l'abattit soudain comme un grand souffle d'orage. Elle alla fermer la porte pour être seule avec le mort, et tomba devant le lit, la face contre terre, en disant : « Ô mon fils ! pardonne à ta mère. Dieu t'a vengé ! »

Quand on vint la relever de sa garde, elle était debout près de son ami, qu'elle avait paré pour le cercueil, et personne ne la vit pleurer.

L'étendue d'un pareil malheur et la façon dont il était supporté ramenèrent à Mme de Grandpré quelques amis qui s'étaient jusque-là tenus à l'écart ; peu à peu elle vit revenir plusieurs de ceux qui l'avaient connue heureuse, autrefois, chez sa mère ou chez son mari ; des femmes déjà âgées, que leur situation mettait au-dessus des étroites limites des convenances ordinaires, vinrent lui faire visite, et la reçurent dans l'intimité.

Du vivant de M. de Tinsay, la baronne n'avait point cherché à se donner l'illusion d'un entourage ; trop fière pour descendre aux déclassées, elle était trop respectée de son amant pour qu'il eût jamais songé à présenter chez elle les amis qu'il voyait au dehors. Leur vie avait été murée comme un harem d'Orient. De là, peut-être, la férocité déployée par le monde à l'égard d'une femme qui n'avait fait aucune concession à l'opinion publique. Moins rigide, elle n'eût pas manqué de voix pour la défendre.

Mme de Grandpré supporta les outrages comme elle avait enduré la mort de son amant, avec un calme apparent qui la fit taxer d'insensibilité par les moins avisés. D'autres, ceux qui la savaient fière jusqu'à l'extrême limite de l'orgueil, n'osèrent s'apitoyer, mais admirèrent son courage et firent partager leur admiration à ceux de leurs amis qu'ils savaient capables de la comprendre.

C'est ainsi que Sylvain Marsac fut présenté à la baronne par un parent âgé, mort depuis, et qui, cela faisant, n'avait pas agi sans préméditation ; il se sentait vieux et souhaitait de laisser à la pauvre femme un ami capable de lui rendre service en un jour d'épreuve. Dans le même but, il avait présenté Marsac à M. de Grandpré, sentant qu'un moment viendrait où les époux violemment séparés seraient peut-être contraints de se revoir, et voulant leur ménager la possibilité de le faire sur un terrain neutre.

Marsac, très prévenu en faveur de la baronne, dont l'histoire romanesque intéressait ses goûts de dilettante éclairé, n'avait pas cédé sans hésitation au désir de son vieil ami. L'idée de servir de trait d'union ne lui souriait pas ; il craignait de ne pas pouvoir apporter dans ce rôle toute l'impartialité désirable. Cependant, à peine avait-il vu deux ou trois fois M. de Grandpré, qu'il sentit une sympathie bizarre naître dans son âme pour ce galant homme qui savait porter avec tant de noblesse le poids d'une situation fort embarrassante.

Le monde, qui tranche et taille à son aise dans les affaires d'autrui, avait blâmé le baron de n'avoir point cherché à venger son honneur suivant l'usage.

L'exaspération qui avait porté Paul de Grandpré, à peine adolescent, à commettre un meurtre, véritable assassinat dans de telles circonstances, cette colère aveugle qui l'avait soudain privé du jugement, n'avaient pas d'autre cause qu'un propos de pareille nature. L'affaire, tenue rigoureusement secrète par M. de Tinsay, fut révélée au baron par le jeune homme lui-même, dans la crise d'affolement et de douleur qui suivit une aussi violente surexcitation.

Ce que le père dit alors à son fils ne fut entendu par aucune autre oreille humaine, mais la conduite de Paul à l'égard de son père changea totalement. Il avait témoigné jusqu'alors une sorte de résistance à la tendresse paternelle ; dans son imagination exaltée, s'était-il figuré que le baron avait manqué à quelque loi mystérieuse de l'honneur ? S'était-il cru appelé à punir l'outrage que le chef de famille semblait dédaigner ?

À partir de ce jour, le jeune homme voua un culte ardent à son père, dont les paroles lui avaient révélé une profondeur de générosité qui l'éblouit. Ses études, auparavant menées avec une sorte d'indifférence de bon ton, l'absorbèrent uniquement. Régulier dans sa vie, sévère dans l'accomplissement de ses devoirs, il parut dur à ceux qui l'entouraient. On eût dit que sa jeune âme, jusqu'alors un peu molle, s'était figée dans la rigidité d'un implacable devoir.

Plus il aimait et admirait son père, si récemment compris, et pour ainsi dire découvert, plus il amassait de haine contre l'homme qui avait détruit leur bonheur familial ; plus aussi, hélas ! il ressentait de colère contre sa mère, dont il ne prononça jamais plus le nom.

La malheureuse femme avait pressenti la vérité : la mort de M. de Tinsay causa à Paul une joie atroce, irrésistible, triomphante, qu'il s'efforça de dissimuler à son père sans y réussir tout à fait. L'attitude de M. de Grandpré fut alors empreinte d'un tel blâme silencieux, que le jeune homme sentit la nécessité de se faire un visage impénétrable, et il y parvint. Mais ces combats avaient bronzé son âme, et il devint un autre être.

Paul de Grandpré avait choisi la carrière des armes ; dans ses séjours aux écoles spéciales, il emporta la raideur qui était devenue sa seconde nature. Toujours excellemment noté, fort apprécié de ses chefs, craint et respecté de ses hommes, pour son irréprochable justice, il ne se fit pas d'amis intimes. On était fier de le connaître, mais on ne ressentait pas pour lui cette bienveillance amicale, si naturelle entre jeunes gens, surtout entre compagnons d'armes.

Il n'en avança pas moins rapidement, grâce à son travail acharné, grâce aussi au nom et à la haute situation de son père. L'aventure qui l'avait fait orphelin de sa mère était oubliée des anciens, inconnue aux jeunes, et là, du moins, cette douloureuse histoire n'eut pas de fâcheuse influence sur sa vie.

C'est entre ce mari jadis outragé et ce fils toujours irrité que Mme de Grandpré allait vivre, car Paul, attaché maintenant à la place de Paris, habitait chez son père. En regardant dans sa cheminée les braises se recouvrir peu à peu de cendres blanchâtres, elle revint plus d'une fois à cette pensée avec un secret frisson. Et, chose étrange, en vérité, à l'idée de reparaître dans cette maison abandonnée, ce frisson augmentait, non quand elle songeait au mari, mais quand elle évoquait l'image du fils.

Chapitre III

Gilberte et sa mère attendaient le baron dans le grand salon de la Vernerie, dont deux fenêtres donnaient sur la cour d'honneur.

Au lieu de se trouver au château pour les recevoir, M. de Grandpré avait fait demander à sa femme d'amener Gilberte un jour ou deux avant qu'il arrivât lui-même ; de la sorte, il espérait adoucir à la baronne l'impression pénible qu'elle ne pourrait manquer d'éprouver en rentrant dans ce logis étranger pour elle depuis tant d'années.

Par une pensée non moins délicate, Mme de Grandpré, enfreignant la loi qu'elle s'était jadis imposée, avait quitté le deuil et revêtu une toilette appropriée à ses devoirs de maîtresse de maison.

Un personnel nouveau, engagé tout exprès, ignorant du passé, avait reçu ses ordres, et elle eût pu croire qu'elle recommençait sa vie d'épousée, si les angoisses de l'inévitable rencontre n'avaient fait par instants monter et redescendre le sang à ses joues ambrées.

Sylvain Marsac, expressément invité par les deux époux en cette délicate circonstance, observait la baronne à la dérobée, avec une sympathie mêlée d'une singulière curiosité. Que pouvait penser, que devait ressentir cette âme fière, au moment de se trouver face à face avec l'époux jadis abandonné ?

Il connaissait les idées du baron ; la décision de sa femme avait été accueillie par celui-ci avec une satisfaction profonde. Peut-être, dans le secret de sa conscience, s'en voulait-il d'avoir soupçonné la baronne en ce qui concernait la naissance de Gilberte ; de même que, par une touchante galanterie paternelle, il avait aussitôt envoyé à sa fille de riches présents, offrandes propitiatoires à l'enfant qui, jusque-là, n'avait pas connu son amour.

Gilberte n'y avait point entendu malice.

– Tiens ! mon père se souvient de moi, avait-elle dit avec sa gaieté de pensionnaire. C'est gentil ! Je pensais qu'il m'avait oubliée !

Ce fut tout. Peu adonnée de sa nature aux rêveries imprudentes, aux méditations qui creusent les mystères, elle ne s'était jamais demandé pourquoi son père et sa mère ne venaient point la voir ensemble.

– M. de Grandpré est en voyage, lui disait jadis sa mère, en l'emmenant pour les vacances, et cela avait suffi.

À son couvent, d'ailleurs, tant de jeunes filles étaient comme elles, souvent visitées par leurs mères et négligées de leurs pères absents ! Au jour de la sortie définitive, ce père oublieux rachèterait comme les autres son long silence par mille gâteries ; n'était-ce pas l'usage ?

M. de Grandpré avait devancé la coutume en lui envoyant de petits présents. C'était évidemment un père supérieur aux autres.

De ce côté, le désir du baron se trouvait accompli ; sa fille ne saurait rien du drame qui avait failli la rendre presque orpheline.

Gilberte était grave pourtant, à cette minute où son père allait lui apparaître dans le cadre de sa propre demeure. Cette maison patrimoniale, plus imposante que le petit château moderne appartenant à sa mère, où elle avait passé jusqu'alors ses courtes vacances, lui inspirait un certain respect, et puis, sur le visage de la baronne, affiné par l'émotion intérieure, se lisait quelque chose d'incompréhensible pour elle, et qui lui semblait un peu effrayant.

Un mouvement se fit dans le vestibule, les portes s'ouvrirent, le concierge et sa femme sortirent du pavillon, et les valets s'étagèrent sur le perron du château.

– Voici mon père, dit Gilberte en courant vers la porte.

La baronne s'était levée, toute pâle. Marsac s'élança pour la soutenir, car il craignait de la voir chanceler. Elle le rassura d'un sourire très noble, se dégagea, et fit seule deux pas en avant... Déjà le baron descendait de son coupé, montait les marches extérieures. Mme de Grandpré entendit sa voix.

– Bonjour, ma chère mignonne, disait-il à sa fille.

Au même instant il entra, le bras de Gilberte passé sous le sien, et marcha droit à sa femme.

– Je suis ravi de vous revoir, dit-il en lui tendant la main.

Elle avança la sienne, sans oser regarder dans les yeux du baron, et sentit un baiser léger sur cette main glacée. Sans la quitter, il la conduisit vers un siège et la fit asseoir.

Elle ne pouvait desserrer les lèvres, interdite, malgré son orgueil, vaincue par l'habileté chevaleresque avec laquelle son mari venait de la réintégrer à son rang d'épouse. Marsac avait envie de crier : « Bravo ! » tant cette mise en scène, combinée d'avance, avait brillamment réussi. À cette minute, malgré la tendre partialité dont il ne pouvait se défendre pour celle-ci, le baron lui parut plus grand que sa femme.

M. de Grandpré, parfaitement maître de lui-même, badinait avec sa fille, interpellant la baronne de façon qu'elle pût répondre par un geste ou par un sourire. Avant de s'être aperçue que sa mère n'avait pas dit un mot, Gilberte était déjà fascinée par ce père si grand seigneur, si aimable pour une petite échappée du couvent. Mais Marsac commençait à s'inquiéter de ce silence prolongé ; une invincible et déraisonnable antipathie de la baronne allait-elle détruire un plan si savamment combiné pour sauver non seulement les apparences, mais le fond même de cette situation tendue ? Il eut alors une idée de génie.

– Baron, dit-il à M. de Grandpré, en lui indiquant une grande porte de glace située en face d'eux, ne faisons-nous pas un joli groupe ?

Les trois acteurs de cette comédie diplomatique suivirent son geste, et le père vit tout près de son visage la tête souriante de Gilberte, aussi semblable à lui que les dix-huit ans d'une jeune fille peuvent l'être des cinquante-cinq d'un diplomate.

Sans être grand clerc, on distinguait à première vue la filiation de ces deux êtres dissemblables, dans l'analogie du teint, des cheveux blonds, ici dorés, là argentés, dans les yeux du même gris très doux, dans la charpente des traits fins et bien découpés.

– Comme tu me ressembles ! dit à sa fille M. de Grandpré, soudain ému.

Il se leva, fit un pas, et, se retournant vers sa femme :

– Je suis vraiment heureux de me retrouver parmi vous ! dit-il d'une voix contenue.

Il ajouta quelques paroles sans importance et se dirigea vers son appartement. Sur le seuil, il se retourna.

– Veux-tu venir avec moi ? dit-il à Gilberte. Je t'ai apporté quelque chose.

Elle courut à lui sur la pointe de ses petits pieds, glissant sur le parquet ciré comme une libellule sur l'eau, et ils disparurent derrière la porte refermée.

– Madame ! fit Marsac effrayé en voyant la tête de la baronne s'en aller à la renverse sur le dossier du fauteuil.

Elle le rassura du geste et se remit sur-le-champ. Il voulait la laisser seule ; elle le retint.

— Non, dit-elle, restez ; la solitude me serait pire que toutes les émotions. Je me croyais plus forte ; mais, lorsqu'il a parlé de cette ressemblance, un poids bien lourd s'est détaché de mon cœur... Je lui en voulais, savez-vous, Marsac, depuis le jour où vous êtes venu me tenir cette étrange conversation... C'est maintenant que je me sens délivrée... N'en parlons plus. Il a été parfait, vous pouvez le lui dire.

— Ne le lui direz-vous pas vous-même ? insinua doucement le confident.

— Moi ? Non. C'est impossible. Je ne peux rien faire de ce qui semblerait un... désir de pardon...

— Ne prononcez donc pas ce vilain mot, madame ! Vous êtes seule à y songer ici !

Elle lui jeta un regard profond où toute l'intuition d'une femme s'ajoutait à la triste connaissance des choses ; elle savait bien, elle, qu'entre elle et son mari la partie n'était pas égale, et que l'attitude du baron venait d'augmenter encore ses avantages.

Elle ne s'y trompait pas ; ces égards, qui marquaient plus que de la politesse, étaient destinés à tromper Gilberte d'abord, et puis le monde ; mais, dans le fond de son âme même, s'il avait cessé de la haïr, le mari ne mépriserait-il pas toujours l'épouse qui jadis l'avait déshonoré ? Pouvait-il penser autrement ?

À ce regard, qui exprimait tant de choses, Marsac répondit en tendant sa main loyale vers celle qu'il estimait trop pour lui débiter de menteuses paroles.

— Il faudra bien vous décider à parler au baron, une fois ou l'autre, pourtant, reprit-il en manière d'excuses.

— Oui ; mais plus nous attendrons, moins ce sera difficile.

Gilberte reparut, le visage rayonnant de joie, en faisant tourner sur son poignet un cercle de brillants.

— Voyez, maman, ce que mon père vient de me donner.... C'est beau, n'est-ce pas ? Il est tout à fait charmant, mon père ; vous ne me l'aviez pas dit, maman. Savez-vous que c'est un vrai chevalier ! Et quel grand air ! Et puis, il est très beau ! Je l'adore !

Une impression bizarre, presque maladive, passa sur la baronne avec la rapidité d'un souffle glacé. Comme il avait vite conquis sa fille, ce père jusqu'alors absent ! Est-ce que Gilberte se mettrait à l'aimer mieux que sa mère, sa mère fidèle qui l'avait suivie et chérie depuis son berceau ?

Ce ne fut qu'un moment. Mme de Grandpré chassa aussitôt l'idée étrange et regarda longuement sa fille, blonde comme son père, élégante et svelte comme sa mère, rose de jeunesse et de joie...

« J'étais comme elle à son âge », pensa-t-elle.

– Que la vie te soit clémente, ma pauvre enfant ! Viens m'embrasser, lui dit-elle avec un sourire, et ne me trahis pas pour l'amour de ton père, dis, ma fille ?

– Oh ! maman ! pouvez-vous le croire ! je vous aimerai tous les deux également. Je ne sais pas pourquoi je m'étais figuré, autrefois, que je ne pourrais aimer qu'un seul de vous... et ce n'était pas mon père, maman jalouse ! Êtes-vous contente ?

L'inévitable entretien avec M. de Grandpré ne pouvait cependant être toujours reculé ; Marsac, désireux qu'il eût lieu promptement, pria Gilberte de lui montrer le parc, et, peu d'instants après, le baron, les voyant s'éloigner de sa fenêtre, vint retrouver sa femme dans le grand salon.

– Gilberte est charmante, dit-il en l'abordant, et elle me paraît fort bien élevée... Avez-vous trouvé ici tout à votre gré ? La maison semble-t-elle plaire à notre fille ?

Mme de Grandpré s'était levée ; elle appuya légèrement sa main droite sur le bord d'une table.

– Monsieur, dit-elle, je vous remercie de faire tant d'efforts pour ménager ma fierté, mais il ne dépend ni de vous ni de moi que bien des choses douloureuses soient anéanties ; mieux vaut en parler franchement une fois pour toutes, afin que notre situation réciproque soit nettement établie. Votre fille vous paraît digne de votre affection : j'en suis heureuse, plus que je ne saurais l'exprimer. Il m'eût été bien pénible, je vous l'assure, de voir notre enfant souffrir de faits dont elle est irresponsable et qui ne la touchent d'aucune façon. J'espère qu'elle méritera votre tendresse, et que vous vous attacherez à elle. Pour moi, je lui ai donné, en venant ici, une preuve d'amour maternel... telle que je ne me croyais même pas capable de le faire ! Vous m'en adoucissez l'amertume, et de cela aussi, monsieur, je vous remercie. Parlons d'affaires, maintenant. Nos fortunes sont à peu près égales, nous contribuerons également aux frais de la vie commune.

Le baron fit un mouvement ; elle continua, parlant un peu plus vite :

– Autrement, je n'y saurais consentir... J'ai conservé mon appartement, afin, lorsque Gilberte sera mariée, de m'y retirer au milieu des objets qui me sont familiers, et qui, pour la plupart, viennent de ma mère ou de quelqu'un des miens. Deux domestiques, qui m'ont servie avec fidélité depuis plusieurs années, sont chargés de la garde de cet appartement, de sorte que, si, pour un motif ou un autre, la vie commune vous semblait trop pénible, je pourrais rentrer chez moi sans secousse et sans difficulté.

Le baron, toujours debout, écoutait immobile, la tête baissée. Le silence de sa femme semblant attendre une réponse, il leva les yeux sur elle.

– Vous avez tout prévu, fit-il avec une légère pointe d'ironie, qui déguisait quelque amertume ; cependant, vous ayant priée moi-même de revenir ici, je m'attendais à un avenir plus stable que celui dont vous m'exposez le plan...

– Marsac a pourtant dû vous dire.,., interrompit la baronne.

– Marsac m'a répété, en effet, ce que vous l'aviez chargé de me communiquer ; c'est moi qui m'étais figuré... Je vous en demande pardon. Vous êtes libre, entièrement libre.

Marthe comprit qu'elle avait été trop dure ; le sentiment de son orgueil froissé la blessait trop douloureusement pour qu'elle pût songer aux blessures des autres, mais il ne l'empêchait pas de s'apercevoir qu'elle les avait faites.

– Lorsque Gilberte sera mariée, dit-elle d'une voix plus douce, où se mêlait une sorte de désir de s'excuser, quel motif aurions-nous pour...

– Il y aurait encore le monde, d'abord ; puis le respect de notre fille, qui pourrait de la sorte ignorer toujours quels motifs nous ont séparés...

– Croyez-vous que le monde l'épargne ? demanda la baronne, avec une hauteur pleine de dédain à l'adresse du « monde », et qu'il lui laisse ignorer, toute sa vie, l'histoire de sa mère ? Vous ne le croyez pas, monsieur.

– Il serait contraint de le faire si nous vivions, – en apparence, au moins, – dans de tels rapports qu'on n'en pût soupçonner la durée. Mais il y a encore un autre motif : il y a notre fils.

Mme de Grandpré s'assit, ses forces l'abandonnaient à la pensée de ce fils, son juge.

– Paul, dit-elle tristement, Paul n'est pas venu me voir une fois pendant ces longues années, il n'a pour moi aucune tendresse, que lui importe ?

– Il pourrait changer, repartit le baron, et nul plus que moi ne s'y efforcera.

Il avait parlé très bas, sans regarder sa femme ; elle détournait ses yeux qui venaient de se remplir de larmes ; s'il l'avait osé, il aurait tendu les bras, et elle serait tombée à ses genoux.

Ce fut une de ces minutes passagères où la force d'une émotion peut, balayant tout sur son passage, modifier du tout au tout les conditions d'une existence. Ils n'osèrent ni l'un ni l'autre, et leur vie, un instant oscillante au-dessus d'eux, continua le cours qu'ils lui avaient choisi. Pourtant, une impression de chaleur généreuse en resta dans leurs âmes.

– Paul arrive demain, reprit M. de Grandpré en raffermissant sa voix ; il ne restera que vingt-quatre heures, et je ne sais s'il pourra venir souvent tant que nous resterons ici ; mais, à Paris, nous l'aurons chez nous, et je suis convaincu que bien des difficultés s'aplaniront par l'habitude ; vous le verrez vous-même. En attendant, j'ai à gagner le cœur de ma fille, conclut-il avec un sourire.

– Je crois que c'est chose faite, répondit la baronne de même ; vous n'avez eu qu'à vous présenter... Si nous allions la retrouver ? Marsac n'est pas un jeune homme, mais pourtant...

– Marsac est un brave homme, dit le baron de sa voix contenue ; allons les retrouver, puisque vous le souhaitez.

Chapitre IV

L'après-midi était ensoleillé et charmant ; ils sortirent tous les deux dans le parterre, dessiné par Le Nôtre, le long des bordures de buis, vieilles de deux siècles : elle, toujours svelte, l'air jeune, avec ses cheveux presque blancs, qui semblaient poudrés ; lui, grand, élégant et mince, malgré ses épaules légèrement courbées sous le poids des soucis plus que sous celui des années. Elle, tenant son parasol d'une main ferme ; lui, protégé par un chapeau de fine paille, ils allaient lentement, suivant les courbes des allées, le long de la pièce d'eau, vers l'endroit où ils voyaient Marsac assis près de Gilberte sur un banc de pierre adossé à une haute charmille devant une Diane de marbre escortée de ses lévriers.

Tels ils avaient marché là, vingt et des années auparavant : lui, épris d'elle, jusqu'à ne pouvoir le lui exprimer ; elle, affectueusement indifférente, ignorante de la passion, de ses orages, de ses égoïsmes et de ses folles générosités... Qui sait ? Maintenant, séparés par l'abîme où elle était tombée, ils étaient peut-être plus près de se comprendre qu'ils ne l'avaient jamais été ? Assurément, ils en étaient plus capables.

Le jardin avait aussi grand air que ses maîtres, et sur eux il possédait cette supériorité d'être toujours jeune. Dans ce milieu ancien, la robe claire de Gilberte apportait une note vivante et moderne, curieux contraste, ou plutôt aimable harmonie avec l'éclat des fleurs et la richesse des verdures.

La jeune fille riait de ce que disait Marsac, paradoxal à ses heures et surtout lorsqu'il voulait provoquer un joli rire de lèvres roses et de dents perlées.

Dans le monde, les mamans écoutaient avec un sourire ce rire innocent, un peu inquiètes pourtant parfois de ce Marsac, si séduisant malgré ses quarante ans passés. Mais ce voyageur à l'humeur errante, ce dilettante d'art, de science et de littérature, qui écrivait un peu partout sans se soucier de faire argent de sa plume, ce nomade en toute chose n'était pas un brillant parti. Sa fortune consistait presque entièrement en une rente viagère considérable, présent d'un vieil oncle timoré qui, souhaitant lui faire plaisir, n'avait pas osé pourtant déshériter complètement ses autres neveux, gens mariés, au profit de ce célibataire endurci.

C'est bien là ce qui rendait les mères soucieuses, lorsque leurs filles riaient aux discours de Marsac. Lui, amant de tout ce qui est aimable, s'amusait parfois en secret de leurs terreurs, qu'il provoquait avec malice, certain de ne pas leur donner de fondement.

Il aimait les jeunes filles et leurs rires égrenés comme des fils de perles, leurs petites mines coquettes, curieuses, leurs fins sourcils froncés d'impatience, leurs légères moues de désappointement ; il aimait tout ce petit manège, cette demi-comédie qu'elles se jouent à elles-mêmes avec les hommes qu'elles n'épouseront pas, et où elles essaient ce qu'on pourrait tenter avec celui qu'on épouserait. Mais Sylvain aurait rougi de troubler un cœur de jeune fille, n'en voulant rien faire de plus ; la passion l'avait jadis touché de son aile, et cet homme, mordu autrefois dans sa chair saignante, aurait considéré comme une mauvaise action d'apporter la souffrance à un être inoffensif.

Le baron le savait, et c'est pour cela qu'il appelait Marsac un brave homme.

Gilberte riait ; Sylvain, tout en la faisant rire, étudiait la jolie bouche, les yeux gris, pleins d'insouciante gaieté ; il cherchait, sans l'y rencontrer, dans ces traits juvéniles, une ressemblance d'expression avec le père ou la mère, et s'étonnait de ne l'y point trouver. Ce visage était une cire molle ; la vie y mettrait plus tard son empreinte, indifférente ou cruelle. Ce rire était-il l'indice d'une âme tranquille ou bien le caquetage d'un oiseau ? Nul n'en pouvait rien savoir encore.

Ils se promenèrent dans ce parc pendant une heure encore ; le baron prenait un visible plaisir à faire jaser sa fille, et Mme de Grandpré écoutait à peine leurs paroles, cherchant à renouer le passé avec le présent, frissonnant quelquefois au détour d'une allée, lorsqu'un souvenir se dressait soudain devant elle comme une ombre ; puis ils rentrèrent pour le dîner d'apparat, somptueusement présenté, où l'abondance des services suppléa à celle de la conversation.

– Que pensez-vous de ma fille ? demanda le baron lorsqu'il se trouva seul avec Marsac dans le fumoir, après le repas.

– Elle est jolie, aimable, bien élevée, répondit son ami sans hésitation.

– C'est fort bien ; mais encore : la croyez-vous intelligente et bonne ?

– Intelligente, je le crois ; bonne, je l'espère ! Vous êtes impitoyable ! Vous me posez un interrogatoire comme si je me présentais au baccalauréat, et j'ai à peine entrevu cette charmante enfant.

– Bonne, je l'espère ! répéta le baron, sans relever la plaisanterie.

Moi aussi, je l'espère. Voilà ! nous n'en sommes pas sûrs... et cela se voit en général à première vue,

– Pas toujours, rectifia Marsac. La baronne est très bonne, d'une bonté rare, et à première vue...

– Vous n'avez pas connu la baronne à l'âge de Gilberte, interrompit M. de Grandpré. C'était alors, comme dit le poète, « un rayon, une flamme ». Sa fille ne donne pas d'elle la moindre idée ; elle ressemblerait plutôt à sa grand-mère maternelle, qui était une assez bonne personne, très effacée...

– Mlle Gilberte, si brillante ?

– Oui, oui, je m'entends, et vous m'entendez aussi très bien, Marsac. Paul, mon fils, est d'une autre trempe. Celui-là, c'est sa mère incarnée avec ses grandes qualités et... ses défauts. Je ne crois pas que Gilberte nous donne beaucoup de souci, tandis que Paul... J'ai peur, mon ami, en songeant à demain ; il ne voulait venir ici à aucun prix ; j'ai exigé sa présence, et il n'a pas pu me désobéir, mais il a fallu un ordre formel, un ordre, à cet homme de vingt-six ans ! C'est dur pour un père ! Il obéira, mais quelle altitude aura-t-il ? Le temps n'a en rien entamé ses sentiments... ni le temps, ni mes prières, ni... mon exemple.

Le baron poussa un soupir profond et garda un moment le silence. Marsac ne plaisantait plus ; il savait aussi bien que son ami quelle terrible épreuve ce serait pour le fils et la mère, et combien le secours était impossible en cette circonstance.

– Je lui ai dit, reprit le baron pensif, tout ce qui pouvait être dit ; il saluera sa mère, mais il ne peut se résoudre à me promettre de lui parler affectueusement ; il s'en remet, dit-il, aux circonstances.

– Lui avez-vous exprimé combien il est nécessaire que sa sœur ignore ses sentiments ?

– Non ! Je n'y ai pas pensé ! fit le baron en se levant. Je ne sais où j'avais la tête ; je n'ai parlé que de moi et de sa malheureuse mère... Vous avez raison, Marsac, c'est cela qu'il faut lui dire. Demain, j'irai le chercher à la gare, et en route je lui expliquerai. Cela, je suis sûr, presque sûr qu'il le comprendra !

Le lendemain, en effet, un peu avant midi, le break s'arrêta devant le perron, et Marthe, cachée derrière les rideaux de sa chambre, en vit sauter un beau garçon, brun, de tournure énergique, qui tendit la main à son père pour l'aider à descendre. Le cœur de la mère se fondait tout entier pendant qu'elle contemplait son premier-né.

Que de temps écoulé depuis la dernière fois qu'elle l'avait vu, lycéen en promenade, sous la tunique et le képi, trop long, trop maigre, dégingandé, l'air âpre et mécontent ; mécontent de la vie, âpre, parce qu'il nourrissait sa haine !

Depuis, quelle cruauté n'avait-il pas mise à se dérober aux rencontres possibles, évitant jusqu'à la rue où elle demeurait, pour ne point passer sous ses fenêtres ! Elle avait renoncé à chercher à l'apercevoir tant que vivait M. de Tinsay, et, depuis lors, lassée, punie, écrasée, elle s'était refusé cette émotion, cette recherche du bonheur défendu, par esprit de sacrifice, peut-être d'expiation.

Il était là devant ses yeux, cet enfant adoré, vers lequel criaient ses entrailles ; tout son être maternel s'en allait éperdu à travers le tulle et la vitre au fils qu'elle n'embrasserait peut-être jamais, – s'il ne voulait pas recevoir son baiser.

Paul disparut dans le vestibule ; elle se dirigea vers la porte, prête à descendre pour aller le rejoindre, et, tout à coup, les jambes brisées, n'osant pas, ne pouvant pas ! Si, en présence de son mari, de sa fille, il allait dire toute sa haine à cette mère détestée ! ...

Vainement elle se répétait qu'une pareille idée était absurde, qu'incapable de se contenir il ne serait pas venu, elle reculait instinctivement, pareille à un animal épeuré qui ne reconnaît plus ni la voix ni les caresses.

Un pas rapide retentit sur l'escalier, dans le corridor, et s'arrêta à sa porte... On frappa...

Elle ouvrit elle-même ; il était devant elle, dans le jour cru du corridor éclairé par une large baie, plus beau, plus fier, – plus pâle, – qu'elle ne l'avait jamais rêvé.

– Bonjour, ma mère, dit-il en s'inclinant sans la regarder ; mon père vous fait prier de descendre. Nous allons nous mettre à table.

Sa voix ! elle n'avait jamais entendu la voix d'homme de son fils ; le dernier son resté dans son oreille dix-huit ans auparavant, était un joyeux cri d'enfant animé par la course, le jour où elle était partie sans regarder derrière elle...

– Mon fils, dit-elle très bas, tremblante d'émotion, ne veux-tu pas embrasser ta mère ?

Il se recula un peu, et elle vit ses yeux pleins d'une dureté sans merci, d'un dédain sans pardon. En regardant sa mère, il répéta d'une voix glacée :
– Mon père vous fait prier de descendre.
Elle eut envie de le saisir à bras-le-corps, de se jeter à ses pieds, en lui disant : « Mais, malheureux, je suis ta mère ! » Elle l'aurait dévoré de baisers et de larmes, et, après, il aurait pu la tuer s'il l'avait voulu, si elle ne l'avait pas reconquis...
Un valet apparaissait en haut de l'escalier, annonçant le repas, pendant que la cloche du déjeuner sonnait au dehors à toute volée ; elle passa devant son fils qui se rangea respectueusement et la suivit à petite distance. Les convenances étaient sauvées.
Le baron n'eut pas besoin d'examiner à deux fois le visage de sa femme pour savoir quelle avait été l'entrevue ; très digne, très froide, la baronne alla prendre sa place au haut de la table, et présida le repas comme à l'ordinaire.
Paul s'était assis près de sa sœur ; du premier coup d'œil, il l'avait reconnue pour sienne, et, malgré la terrible émotion qu'il venait de subir, il se sentait désireux de plaire à l'aimable enfant qu'il ne connaissait pas encore.
De son côté, Gilberte était tout étonnée d'avoir pour frère un si bel officier ; en réalité, il lui paraissait aussi étrange que le premier venu rencontré dans le monde, et c'était une impression bien bizarre pour elle que de s'entendre ainsi tutoyer par un jeune homme inconnu.
Elle en riait et rougissait à la fois, avec un demi-embarras qui la rendait plus séduisante encore ; son habitude de dire à l'étourdie tout ce qui lui passait par la tête, lui prêtait une grâce naïve dont on s'amusait autour d'elle ; la baronne elle-même se prit à sourire à l'entendre jaser avec ce frère qui l'aimerait sans doute, qui l'aimait probablement déjà. – Qui sait si, par la tendresse de la sœur, la mère n'arriverait pas à regagner celle de Paul ? Pourrait-il se défendre de lui rendre justice ? Ne reconnaîtrait-il pas enfin que, si elle avait abandonné son fils, elle avait aimé et surveillé sa fille ?
Après le déjeuner, les jeunes gens s'envolèrent ensemble dans le parc, où Paul voulait montrer à Gilberte maints souvenirs de son enfance ; leurs parents les regardaient s'éloigner avec une certaine

inquiétude. Qu'allaient-ils se dire ? Mille questions dangereuses n'étaient-elles pas venues déjà aux lèvres de la jeune fille ? Involontairement chacun d'eux tourna les yeux vers l'autre ; ce fut le premier regard qu'ils eussent échangé ; l'anxiété paternelle les avait enfin réunis.

– Paul est extrêmement sage et prudent, dit le père, répondant à l'angoisse exprimée par les yeux de la baronne.

Elle répondit d'un signe de tête et se retira, pendant que son mari allait avec Marsac dans la salle de billard.

Les jeunes gens se promenaient lentement sous les hêtres touffus qui formaient au-dessus d'eux un dôme de couleurs riches et sombres, pareil à un vieux vitrail. Gilberte marchait comme dans un enchantement. Ce père chevaleresque, ce frère si beau et si aimable, ce château seigneurial où tout annonçait une fortune ancienne et bien établie, tout cela lui semblait fantastique et pareil à un rêve.

Rien ne l'avait préparée à un tel épanouissement de sa jeunesse ; croyant avoir à lui ménager le poids d'une situation difficile, Mme de Grandpré l'avait élevée dans une ignorance complète de sa fortune réelle. Les vacances qu'elles passaient ensemble, soit dans un chalet sur quelque plage peu fréquentée, soit dans la maison de campagne que la baronne tenait de sa mère, n'avaient pu lui ouvrir aucune de ces nouvelles perspectives ; elle en était à la fois éblouie et presque inquiète : tout cela était-il bien réel ? N'allait-elle pas voir toutes ces belles choses s'évanouir en fumée, comme il arrive dans les contes de fées ?

Après avoir cheminé pendant quelque temps silencieuse au côté de son frère qui l'examinait à la dérobée, elle s'arrêta tout à coup.

– Monsieur mon frère, dit-elle, pouvez-vous m'assurer que vous êtes bien vivant, que vous êtes bien mon frère, que ce domaine appartient à nos parents et que mon carrosse ne va point redevenir citrouille ?

– Je suis ton frère, ma chère Gilberte, répondit Paul en souriant ; rien n'est plus réel que moi, tout ce qui nous entoure est à nous, et, hélas ! il n'y a plus de fées.

– Si tout cela est réel, je n'ai que faire des fées, répliqua la jeune fille avec vivacité. La réalité vaut n'importe quel conte. Comment se fait-il que je n'en aie jamais eu la moindre idée ? Lorsque maman m'a annoncé que nous allions au château de mon père, j'étais bien loin, je vous assure, de m'attendre à de pareilles merveilles.

– Des merveilles ? Que vois-tu ici de merveilleux ?

– Mais... tout ! Mon père, que j'avais à peine vu, qui ne se souciait pas de moi, et qui, tout à coup, devient magnifique comme un roi d'Orient ; vous, mon frère...

– Il faut me tutoyer, dit Paul en souriant...

– Toi !... Je n'ai jamais dit toi à un homme, reprit-elle en riant, pendant que son front s'empourprait, ni ne le dirai jamais à un autre.

– Ton mari ? insinua le jeune homme.

– Mon mari ? Non ! Mon père dit « vous » à maman : cela a très bonne façon. Est-ce que tu sais pourquoi mon père et ma mère ont vécu si longtemps séparés ?

– Qui t'a dit cela ? fit Paul décontenancé, bien qu'il eût prévu la question.

– On le disait au couvent, il y a longtemps : j'étais dans les petites. Je n'ai pas compris grand-chose, mais ce mot « séparés » m'était resté dans la tête. Pourquoi s'étaient-ils séparés ?

– Pour des différences dans leur manière de voir, répondit le frère très gravement. Il ne faudra jamais parler de cela à personne, ma sœur ; ce sont des choses tristes sur lesquelles doit se faire le silence. Ils entreprirent la vie commune, pour l'amour de toi ; tu dois leur en avoir de la reconnaissance.

– Pour l'amour de moi ?

– Pour que tu jouisses de la vie de famille, pour qu'on te présente dans le monde et que tu te maries dignement.

– Il fallait que mon père et ma mère fussent ensemble pour cela ?

– Certainement. C'est plus convenable.

Gilberte ne répliqua rien. Un travail obscur se faisait dans sa petite cervelle d'oiseau. Après quelque temps, elle reprit :

– Ils ne s'aimaient donc pas, qu'ils s'étaient séparés ?

Paul prit un grand parti.

– Ma sœur, dit-il, le respect que nous devons à nos parents nous interdit de nous occuper de ces questions dont ils sont les seuls juges ; en reprenant la vie commune, à présent qu'ils ne sont plus jeunes et que leurs goûts aussi bien que leurs habitudes avaient pris des directions différentes, ils t'ont donné une grande preuve de tendresse qui comportait peut-être plus d'un sacrifice. Que cela te suffise, ma chère Gilberte, et te rende reconnaissante.

– Tu as raison, fit la jeune fille, en reprenant sa marche.

Paul eût souhaité un peu plus d'élan dans sa voix, de chaleur dans ses paroles ; mais elle était si jeune et si visiblement étourdie de son changement d'existence, qu'il l'excusa aussitôt.

Pendant deux heures, ils allèrent d'un bout à l'autre des parterres et du parc, furetant, cherchant et retrouvant les souvenirs d'enfance du jeune homme qu'il lui racontait au fur et à mesure.

– Alors, dit Gilberte, comme ils rentraient au château, tu n'as plus revu maman ici depuis que tu avais dix ans ?

– Qui t'a raconté cela ?

– Tu viens de me le dire toi-même ; c'est à cette époque que mon père et ma mère se sont séparés ; et, depuis, maman n'est jamais revenue ici ; tu y passais pourtant les vacances ? Est-ce que tu la voyais à Paris ?

Paul, interdit, se sentit pris au piège : depuis trois heures, la fine mouche interrogeait en apparence sans but, et, pendant qu'il répondait innocemment, elle reconstruisait dans sa tête de curieuse l'histoire des années d'épreuve, qu'il croyait secrète.

Fallait-il avouer qu'il n'avait pas revu leur mère, au risque de laisser deviner sa pensée ? À quoi bon alors le sacrifice qu'il avait déjà fait ? À quoi bon celui de leur père ? Que devenait l'honneur du nom, le respect de la famille dans les mains de cette petite fille sans expérience et peut-être sans raison ?

– Je l'ai vue, dit-il brièvement, accomplissant son mensonge avec autant d'héroïsme et plus d'effort qu'il n'eût fait d'une prouesse. Rappelle-toi, ma sœur, que nous devons à nos parents le respect, par-dessus tout ; l'amour vient ensuite... s'il peut.

– Oh ! j'aime déjà mon père de tout mon cœur ! s'écria la jeune fille en voltigeant sur les degrés du perron avec la légèreté et l'indépendance d'une bergeronnette.

Cet entretien laissa au jeune homme une grande impression de malaise, que la grâce de sa sœur ne parvint pas à dissiper complètement. Gilberte s'abandonnait à la joie de vivre, au milieu de ceux qui l'aimaient, et qui, fiers d'elle, ne savaient pas le lui cacher. La baronne surtout la suivait du regard avec un attendrissement mal dissimulé ; cette fillette expansive, dans sa gaieté un peu étourdie, charmait visiblement M. de Grandpré, et la mère, au plus profond d'elle-même, se réjouissait d'avoir apporté cette joie au père longtemps attristé.

De temps à autre, Mme de Grandpré jetait les yeux sur son fils sans jamais les y reposer. Il se mêlait à la conversation avec une liberté d'esprit parfaite en apparence, évitant, sans affectation, d'interpeller sa mère, mais lui répondant respectueusement quand elle lui parlait. À un témoin indifférent, la famille de Grandpré eût semblé aussi heureuse que les plus étroitement unies. Sylvain Marsac, tout en soutenant son rôle d'intermédiaire, pour éviter les heurts, se demandait où la baronne prenait la force nécessaire pour supporter une telle épreuve.

Le moment le plus difficile n'était pas encore venu : il se présenta le soir, lorsque l'heure de se retirer fut venue. Gilberte offrit son front tour à tour à son père et à sa mère, puis attendit pour voir comment son frère accomplirait la même cérémonie. Sous ce clair regard de jeune fille hardiment interrogateur, Paul sentit qu'il ne pouvait plus reculer. Il s'approcha de la baronne, il lui prit la main qu'il porta à ses lèvres...

Mieux cent fois eût valu pour sa mère un adieu cérémonieux comme le bonjour du matin ; ce baiser formel, indifférent, lui sembla plus cruel qu'un outrage.

Cependant, sa fille la regardait avec une singulière nuance de curiosité ; elle rassembla tout son courage, et sur le front incliné de son fils elle mit un baiser, aussi froid, aussi officiel que celui du jeune homme. M. de Grandpré baisa également la main de sa femme, et l'on se sépara.

Chapitre V

Lorsque le bruit des pas se fut éteint dans la maison, la baronne, une lampe à la main, rouvrit la porte de sa chambre et se dirigea vers une pièce située à l'extrémité de la longue galerie. Pareille à une somnambule, et poussée comme par une volonté étrangère, elle marchait lentement, absorbée en elle-même ; arrivée au bout, elle tourna le bouton de la dernière porte et entra en la refermant soigneusement.

C'était une chambre très simple, de grandeur moyenne, entièrement tapissée d'une perse fleurie, à bouquets multicolores. Les couleurs éteintes par le temps avaient quelque chose de presque endormi, infiniment doux à l'œil, et pourtant l'ensemble était encore souriant. Sur la cheminée, une petite pendule, arrêtée depuis bien des années ; sur une table, un globe terrestre ; dans un coin, une bibliothèque aux rayons chargés de livres reliés en toile gaufrée, un lit de fer à rideaux de perse semblait attendre son hôte enfantin.

Mme de Grandpré posa sa lampe sur la cheminée, et regarda autour d'elle d'un air désespéré.

C'est là qu'il avait dormi jusqu'au jour où, privé de sa mère, Paul était entré au lycée ; c'est sur cet oreiller qu'elle venait embrasser la tête brune aux cheveux embroussaillés, aux yeux clos par la fatigue des longues courses, dont la bouche entrouverte lui disait bonsoir dans un baiser, engourdi de sommeil.

La baronne s'approcha du lit et l'effleura d'une main furtive ; peut-être craignait-elle d'y réveiller l'ombre du petit dormeur... Puis, elle s'assit sur le pied, un peu de côté, comme si le corps de l'enfant avait été là, sous la légère couverture, et regarda l'oreiller.

Un soir, précisément, peu de jours avant celui de la fuite, Paul avait été méchant. Son âme de feu, son indomptable fierté l'avaient entraîné jusqu'à la rébellion ouverte, et, pour le punir, sa mère l'avait envoyé se coucher sans vouloir l'embrasser. Un quart d'heure après, sa femme de chambre vint lui dire que l'enfant était en proie à une crise de larmes inquiétante ; elle accourut dans cette chambre, près de ce lit.

Soulevant avec peine son corps convulsé de sanglots :

– Pardon, maman, pardon ! avait crié son fils ; et elle l'avait reçu dans ses bras.

Et elle était partie après cela ! Elle n'avait pas su se dominer ! Elle avait omis de mettre dans la balance, à côté de ce qui lui faisait horreur, l'amour passionné de cet enfant ! Elle était partie, entraînée par sa folie, croyant faire acte de justice en se reprenant au mari qu'elle n'aimait plus, et elle n'avait pas pensé qu'en quittant sa chaîne elle perdait son fils !

Jusqu'à cette minute, la baronne n'avait jamais voulu comprendre sa faute. Devant le monde, assurément, elle avait failli, mais elle méprisait le monde. Devant son mari, elle avait été coupable, mais elle avait tant souffert, il l'avait tellement torturée ! N'avait-elle pas envers lui simplement usé de représailles ?

Se payant ainsi de sophismes, refusant de comprendre pourquoi le fils qu'elle aimait ne voulait pas lui rendre sa tendresse, elle avait marché le front haut vis-à-vis d'elle-même, punie dans son amour par la mort, et trouvant pour sa faute cette expiation suffisante. Ici, elle sentit que dans sa fuite il y avait eu autre chose que des représailles ; qu'en usant de ce qu'elle croyait son droit, elle avait frappé des innocents, et que son expiation, loin d'être finie, commençait.

Elle glissa à genoux le long de l'étroite couchette, posa sa tête brûlante sur l'oreiller, et, sanglotant à son tour, s'écria : « Pardon, mon fils, pardon ! »

La petite chambre était isolée, la maison était endormie, nul n'entendit le cri de son orgueil enfin terrassé, et elle resta longtemps abîmée devant ce lit comme devant la dépouille d'un mort.

Lorsqu'elle eut épuisé sa douleur, elle se leva, arrangeant machinalement les plis de sa robe, et reprit sa lampe d'une main mal assurée, puis sortit de sa chambre et fit quelques pas... Elle s'arrêta devant une autre porte.

C'était celle de son ancienne chambre, sa chambre nuptiale, habitée par elle durant tout le cours de sa vie d'épouse...

Non, elle n'entrerait pas ; elle n'avait plus de larmes ni de force pour souffrir. Elle rentra chez elle et se mit au lit. Jusqu'aux clartés du matin, elle resta immobile, comme morte, les yeux ouverts, sondant l'abîme où elle s'était jadis précipitée, sans pouvoir encore, et de beaucoup, en mesurer toute la profondeur.

Chapitre VI

La vie de famille était organisée à la Vernerie ; en un certain sens, le plus difficile était accompli. Marsac ne prolongea point son séjour au château et partit, accompagné de tous les regrets.

Paul revint une fois ou deux, pour quelques heures, mais ces visites semblaient presque uniquement faites pour sa sœur. Les deux époux se trouvaient seuls avec leur fille ; M. de Grandpré proposa de faire une petite excursion dans le Midi avant de rentrer à Paris, où la solitude leur serait moins pesante.

Non qu'ils ne fissent l'un et l'autre tout leur possible pour s'en alléger réciproquement le poids, mais l'inexorable passé mettait entre eux une barrière qui s'abaisserait seulement plus tard, lorsque ce pénible présent serait devenu à son tour un passé.

Le voyage projeté s'accomplit dans de bonnes conditions. Gilberte s'amusait de tout ; contrairement à la majorité des jeunes filles de son monde, qui ont déjà épuisé la série des plaisirs innocents avant d'atteindre l'âge où on les marie, elle ne connaissait presque rien en dehors de ses études.

Elle avait, de plus, une incroyable facilité à s'assimiler le côté souriant des choses ; n'y eût-il eu qu'une chance sur cent de passer un bon après-midi, elle était sûre de l'obtenir ; son œil découvrait la meilleure place dans une salle, le meilleur gâteau dans une pâtisserie, le plus joli ruban dans une vitrine. La place, le gâteau et le ruban s'harmonisaient de façon à lui laisser l'impression d'une journée remplie de plaisirs. Elle n'était pas exigeante, mais elle ne laissait échapper rien de ce qui pouvait contribuer à son bien-être.

Sa mère la laissait faire, amusée parfois par l'entente précoce de la vie pratique, qui se décelait de la sorte, et n'y voyant aucun mal ; le baron, sans en rien dire, se préoccupait davantage de cette personnalité si nettement accusée ; mais, comme s'il ne s'accusait pas aux dépens d'autrui, il espérait n'y voir jamais que la preuve d'une heureuse disposition. La jeune fille était d'une humeur charmante ; elle s'était emparée de son père comme s'il eût été sa propriété ; à son bras, elle marchait dans les rues populeuses, enchantée de se voir regardée, admirée, riant de tout, se faisant acheter les objets qui lui semblaient à son goût, et revenant chargée de fleurs qu'elle disposait en jolis bouquets dans les vases de leur salon.

– C'est pour maman ! disait-elle, après avoir eu le plaisir de les respirer pendant toute sa promenade.

Elle n'avait jamais songé à lui en envoyer pendant son absence.

Lorsque la famille de Grandpré rentra à Paris, au mois de novembre, Paul fut tout surpris de voir sa sœur si développée, si femme en un mot. Il l'avait connue pour ainsi dire « gamine » et ne s'attendait pas à la retrouver mûrie en si peu de temps ! Il la fit causer et s'aperçut qu'elle avait des idées très arrêtées sur une foule de choses dont elle ignorait le premier mot à la Vernerie.

– Où as-tu appris tout cela ? lui demanda-t-il un jour.

Elle le regarda d'un air moqueur ; son respect instinctif pour le grand frère en uniforme s'était considérablement amoindri dans son voyage.

– Dans la rue, principalement, dit-elle ; tu ne te figures pas comme c'est instructif, les rues, les rues du Midi surtout ! Question pour question, mon frère : est-ce que tu es fâché avec maman ?

– Moi, non ! répondit Paul en sentant le rouge lui monter au visage.

– Alors, c'est donc maman qui est fâchée avec toi ? fit l'écervelée en allant s'asseoir au piano, où elle entama un morceau bruyant et rythmé qui mit fin à l'entretien.

Une série de dîners commença chez M. de Grandpré ; les dîners ont cela de commode qu'on y peut tâter le terrain et prendre des informations précises. Des hommes âgés, avec leurs femmes, furent d'abord invités et vinrent, un peu par amitié pour le baron, beaucoup par curiosité ; on en sortit enchanté.

Le mari était charmant, tout le monde savait cela ; la baronne était très bien, mais très bien ! On ne se serait jamais douté, n'est-ce pas ?... Et puis, après tout, c'était leur affaire ! Il y avait si longtemps que c'était arrivé ! Était-ce même bien sûr ?... Tout à fait sûr, vraiment ? Eh bien, pourquoi se montrer plus sévère que les autres ? Ces gens-là étaient très distingués ! Maison bien tenue, cuisine excellente ; la jeune fille très jolie, éducation parfaite, une belle dot... Quel dommage que... Mais puisqu'ils s'étaient réconciliés !

Bref, on avait dîné une fois, on y retourna, et, vers la fin de janvier, M. et Mme de Grandpré purent envoyer deux cents invitations pour une soirée.

La baronne se tenait à l'entrée de ses salons aussi fermée, aussi impénétrable qu'un marbre. Elle souriait et saluait, disait quelques mots aimables, mais sa pensée concentrée sur elle-même était absente de son accueil. Elle ne vivait que dans la terreur d'un mot à double entente, d'une de ces insultes revêtues de velours qu'on ne peut ni rendre ni même recevoir le front haut. Elle n'avait pas là deux cents amis, elle avait deux cents invités, c'est-à-dire au moins cent quatre-vingts personnes venues pour critiquer, comme c'est l'usage, et pour colporter ensuite les méchancetés que l'hospitalité offerte leur aurait fourni l'occasion de produire.

De temps en temps, elle recevait une flèche barbelée qui s'enfonçait dans sa chair, mais elle répondait, en souriant, comme si elle n'avait pas compris.

– Et mademoiselle votre fille ? disait-elle à un couple mal assorti, désuni depuis toujours, mais sans esclandre.

– Ma fille n'a pas pu venir, répondait-on d'un air pincé ; elle est encore trop jeune pour aller partout.

– Je le regrette, répondait la baronne, sachant que cette trop jeune fille avait vingt-quatre ans et demi.

Après deux heures de ce supplice, elle put enfin aller s'asseoir un instant dans son petit salon, réservé à cette intention et fermé par les portières baissées. Pendant que détendue, les bras pendants, elle restait anéantie, maudissant le jour où elle avait accepté de rentrer dans le monde, ce monde cruel, qui ne vous tient compte d'aucun mérite, d'aucun effort, elle vit les portières s'agiter, et le visage de Marsac apparut discrètement.

– Vous n'avez besoin de rien ? dit-il à demi-voix.

Elle lui fit signe d'approcher.

– J'ai eu tort, fit-elle d'une voix sourde, tort de revenir ici, tort de présenter ma fille moi-même ; je lui porte, j'en ai bien peur, plus de préjudice par ma présence que mon absence n'eût pu le faire...

– Quelle idée ! interrompit Marsac ; ne voyez-vous pas, au contraire, avec quel empressement on a répondu à vos invitations ?

– Gilberte est riche, répliqua brièvement la baronne ; et tenez, ce dont j'ai le plus peur maintenant, c'est qu'elle ne soit épousée pour son argent, uniquement pour cela ; l'argent fera passer par-dessus la tare...

– Madame, dit Marsac d'une voix respectueuse, mais ferme, votre devoir, si vous pensez à ces choses, est de lutter pour les empêcher, mais vous n'avez pas le droit de vous y soustraire.

Elle le regarda au fond des yeux et se redressa d'un geste souple et fort.

– Vous avez raison, Marsac, fit-elle, c'est cela qu'il fallait me dire. Vous êtes un ami, vous...

Elle lui tendit la main et serra celle qu'il lui présenta d'une étreinte assez énergique pour lui faire mal, puis, elle passa son mouchoir sur ses lèvres.

– Allons, dit-elle, tâchons de porter beau ! Tenons tête aux chiens, et défendons-nous de la curée !

Un peu de rouge aux joues, dans l'effort de sa fièvre, elle s'avança vers la portière à peine fermée et rentra dans les salons, aussi calme que si elle venait simplement de donner des ordres.

– C'est une vraie femme, pensa Sylvain, en la suivant des yeux avec admiration, et, tout homme que je suis, je ne voudrais pas souffrir ce qu'elle endure !

La fête était très brillante, en effet, quoiqu'elle manquât de l'animation particulière aux endroits où l'on a coutume de se retrouver. Les éléments qui composaient la société réunie chez M. de Grandpré n'étaient pas suffisamment fondus, et quelques-uns s'y rencontraient qui en semblaient surpris.

On dansait cependant. Paul avait amené des jeunes gens en assez grand nombre pour que les danseuses fussent en minorité, ce qui donne toujours à un bal une apparence d'entrain parfois factice. On voyait là plus de jeunes femmes ou même de femmes « encore jeunes » que de jeunes filles, et celles-ci avaient pour la plupart passé la prime fleur de leur printemps ; c'étaient presque toutes de ces chercheuses de plaisir qu'on rencontre toujours sur la brèche, soit qu'elles aiment le monde pour lui-même, soit plutôt qu'elles y cherchent la perle introuvable : un homme capable de se laisser épouser par mégarde ou par timidité.

Gilberte n'entendait pas malice à tout cela ; délicieusement vêtue, jolie à ravir, elle s'amusait de tout son cœur, savourant la joie d'être admirée, se sachant digne de l'être, et pour l'heure n'en demandant pas davantage.

On la regardait beaucoup, et tous les regards n'étaient pas

bienveillants ; plus d'une mère de famille lui en voulait d'être si charmante. N'était-ce donc pas assez que de posséder une grosse dot, sans y ajouter l'appoint inutile de son charme personnel ?

D'autres, désintéressées, faute de filles à marier, scrutaient méchamment ce jeune visage pour y trouver une ressemblance étrangère. La parité de traits entre le père et la fille ne suffisait pas à vaincre les résistances instinctives. M. de Grandpré cependant, sans affectation, était souvent près de Gilberte, et rien n'était plus évident que leur ressemblance. Mais quand on est décidé d'avance à croire le mal, il n'est pas d'évidence qui puisse faire admettre le bien.

Après avoir amusé la jeune fille, tous les regards attachés sur elle commençaient à la gêner.

– Comme on me regarde ! dit-elle à son frère qui lui donnait le bras pour traverser le grand salon.

– C'est parce qu'on te trouve jolie, répondit-il en souriant.

Ce soir-là, il se montrait aimable, ayant accepté la coupe jusqu'à la lie.

– Tu crois ? Cependant, j'ai vu des yeux qui n'avaient pas l'air charmé... Et puis, je viens d'entendre un mot bien singulier.

– Quoi donc ? fit Paul, en souriant toujours, bien que son cœur fût étroitement serré.

– Tout à l'heure, une dame disait à une autre, en parlant de moi : « La pauvre petite, ce n'est pourtant pas sa faute !... » Qu'est-ce qui n'est pas ma faute ? Voilà ce que je me demande.

– Où est-elle, cette dame ? demanda le frère en se retournant un peu.

– Là, près de la porte, la troisième dame avec la quatrième.

Le jeune homme reconnut aussitôt la personne indiquée. C'était une femme d'apparence insignifiante, de mise effacée, d'âge incertain, une de celles dont on ne dit ni ne pense rien, en général, à moins qu'on ne les connaisse de fort près.

– C'est Mme d'Égrigné, répondit-il ; ses paroles ne tirent pas à conséquence, elle est aussi nulle que possible ; elle parlait peut-être de ta robe, ou de tes souliers, ou de ta coiffure... Ne sais-tu pas qu'il y a des gens assez bêtes pour prétendre que tu te teins les cheveux ?

– Moi ? fit Gilberte, indignée. Oh ! par exemple ! Qui a pu dire cela ?

Paul avait réussi à détourner les pensées de sa sœur dont l'inexpérience prenait fort au sérieux l'accusation absurde qu'il venait de porter au hasard, et la calma en lui disant qu'elle en entendrait bien d'autres, et qu'on ne devait attacher aucune importance à des paroles en l'air. Là-dessus, lui présentant un de ses amis, il la vit s'envoler pour un tour de valse, et put promener ses regards autour de lui.

« La pauvre petite, ce n'est pas sa faute ! » Si cette phrase était parvenue une fois aux oreilles de Gilberte, elle avait été pensée ou prononcée par plus de la moitié des personnes présentes : c'était à vrai dire l'impression générale, et si, pour les uns, elle exprimait une pitié un peu dédaigneuse, pour les autres, c'était le cri d'une franche sympathie.

Le baron bénéficiait de cette sympathie dont ses amis ne lui marchandaient pas les manifestations ; la baronne, par contrecoup, était l'objet d'une politesse un peu froide ; mais elle s'était retranchée au milieu d'un groupe fort bien composé par Marsac et son mari, où toutes les amies de ses jours d'épreuve s'étaient réunies à tous les vieux amis du baron. C'était comme au milieu d'une forteresse qu'elle recevait les hommages des nouveaux venus, et son grand air de dignité imposait un respect involontaire même aux plus évaporés.

Tout a une fin cependant, même les pires supplices : vers deux heures, après un souper fort galamment servi, tout le monde s'en alla en même temps, et les salons, encore pleins de lumières, furent soudain déserts. Les quatre membres de la famille de Grandpré se trouvèrent face à face avec une sorte de surprise.

– Tous mes compliments, dit le baron à sa femme, vous aviez admirablement organisé cette soirée.

Elle inclina la tête pour le remercier, avec un sourire contraint, et, s'adressant à sa fille :

– T'es-tu bien amusée, Gilberte ?

– Oh ! oui, maman ! C'était délicieux ; mais pourquoi est-on parti de si bonne heure ? Un de mes danseurs me disait qu'il quittait rarement le bal avant cinq heures du matin !

– Cela viendra, dit le baron avec douceur ; nous ouvrons notre maison, il faut qu'on s'accoutume à nous...

Il baisa sa fille au front et l'engagea à aller dormir. Elle suivit sa mère et disparut.

– Mon père, dit Paul quand ils furent seuls, est-ce que Mme d'Égrigné n'a pas un fils ?

– Un fils et une fille. Ils étaient ici tous les deux, avec leur mère.

– Il a dansé avec Gilberte ?

– Oui. Pourquoi ?

– Quelle espèce de gens est-ce que ces gens-là ?

– Petite fortune, grandes ambitions ; famille honorable, d'ailleurs. Le père était très bien, il est mort jeune. Le fils n'est pas sans mérite, à ce qu'on dit.

– Comment est-il ?

– Pas très grand, châtain, des favoris de substitut, un pince-nez, l'air futé...

– Je sais, répondit Paul. Merci, mon père. Mme d'Égrigné ne me plaît pas.

– La pauvre femme ! Elle n'est pas séduisante, mais ce n'est point sa faute ! C'est une excellente mère, qui s'est imposé tous les sacrifices afin de bien élever ses enfants. Tu as l'air bien fatigué, mon fils ?

– C'est une rude tâche que celle d'amuser les autres, répondit le jeune homme, en s'efforçant de sourire ; mais le regard navré de son père lui ôta toute idée de le tromper. – Nous avons fait notre devoir, reprit-il d'un ton moins léger, et je crois que le résultat est bon.

– Ta mère a été admirable, dit le baron avec quelque hésitation.

Le fils répliqua sur-le-champ d'une voix brève :

– Elle est d'une beauté extraordinaire ; il n'y a qu'une voix là-dessus. Bonsoir, mon père ; allez vous reposer, vous en avez grand besoin.

Chapitre VII

Mme d'Égrigné était un exemple frappant de ce que peut la

persévérance, et à ce titre on eût dû la placer dans quelque histoire destinée aux jeunes filles sans fortune. Elle n'avait jamais eu ni charme ni beauté ; son esprit était médiocre, sa conversation banale ; son père n'occupait qu'une très petite situation dans la ville de province où elle était née, et la dot qu'il put donner à sa fille fut bien peu de chose.

Mais la jeune personne possédait au plus haut degré la volonté de sortir des limbes ; elle était ambitieuse, et cette ambition la préserva de vulgaires coquetteries. Son attitude presque hautaine, dans un milieu où ses compagnes grillaient d'envie de se marier et n'avaient pas l'esprit d'astuce nécessaire pour le dissimuler, son calme surprenant vis-à-vis des jeunes gens, attirait l'attention sur elle : sa bonne grâce avec les vieillards et les femmes des hommes mûrs lui fit des amis. Le jour où M. d'Égrigné fut envoyé comme substitut dans la patrie d'Anaïs, son destin fut résolu : depuis la femme du président jusqu'à celle du greffier, toutes les dames de la ville se dirent : Ce jeune homme sera le mari de Mlle Montesson.

D'Égrigné était sans malice, quoique substitut ; il se laissa peu à peu enrouler dans une nasse habilement tressée, et, moins de six mois après son arrivée, il était marié. Ce n'est pas qu'il ait jamais eu beaucoup à s'en repentir : sa femme fut une bonne épouse, une tendre mère, dévouée avant tout aux intérêts de son ménage, douée au plus haut point de l'instinct de la famille. Ce qu'eût pu devenir le jeune substitut dans de plus brillantes circonstances étant demeuré un mystère, on ne saurait regretter positivement pour lui que sa vie n'eût pas tourné autrement, mais il demeure avéré que sa femme imprima à cette existence le cachet de son incurable médiocrité : M. d'Égrigné mourut à quarante ans, sans s'être fait remarquer.

Ici, éclata dans toute sa splendeur l'ingéniosité de la veuve. Elle n'avait pas plus de trente-cinq ans ; n'ayant jamais eu d'éclat, elle pouvait facilement dissimuler quelques années ; elle se garda bien de le faire. Adoptant un costume noir, mais seyant, elle renonça aux artifices de la coiffure, plaqua ses cheveux sur ses tempes, ce qui lui allait bien, et prit une fois pour toutes l'attitude d'une femme décidée à ne vivre que pour ses enfants.

Pour ces chers orphelins, déjà grandelets, elle fit des démarches sans fin ; elle intéressa à leur sort les personnages les plus divers : ceux qui avaient été ministres, ceux qui l'étaient, ceux qui le seraient. Elle obtint pour son fils une bourse ; pour sa fille, chose plus délicate, la protection de deux ou trois grandes dames, qui, plus tard, la marieraient sûrement ; bref, elle obtint tout ce qu'elle demanda, et cela parce qu'elle eut le bon esprit de demander seulement ce que, avec une certaine dose d'insistance, voire d'importunité, elle pouvait obtenir sans léser autrui.

De plus, à ce manège, elle gagna la réputation d'une mère admirable. « Un peu ennuyeuse », hasardaient timidement quelques-uns de ceux qu'elle avait sollicités.

On leur fermait la bouche dans un élan d'indignation. Pour ses enfants ! Est-il rien de plus sacré ! Tel était du moins l'avis des personnes à qui elle n'avait rien demandé.

Louis d'Égrigné était devenu un jeune homme accompli, tout à fait suivant le cœur de sa mère. Comme elle, il possédait à merveille l'art de se faire entendre, et il savait aussi bien parler que se taire. Quoiqu'il n'eût encore qu'une situation très effacée, c'était un garçon d'avenir, chacun s'accordait à le reconnaître, et il irait loin, pour peu qu'il fût poussé.

Mais, et là était le vice du système de l'admirable mère, personne n'avait grande envie de le pousser : peut-être les amis, protecteurs, fonctionnaires, étaient-ils las de « faire quelque chose pour lui » ; on eût aimé le voir faire quelque chose par lui-même, et les amis qui l'avaient conduit jusqu'à l'âge d'homme ne souhaitaient rien tant que de ne plus avoir à s'en occuper.

Une seule chose était à tenter : un brillant mariage. Le mariage, entre autres avantages, possède celui de renouveler le milieu social et de mettre en relation avec des gens nouveaux, dont rien encore n'a fatigué le zèle ; de plus, il ne manque pas de charmantes jeunes filles bien dotées, désireuses de se marier. Mme d'Égrigné n'avait pas oublié ce côté de sa jeunesse silencieuse, et comptait se servir de son expérience personnelle pour trouver à son fils un brillant parti.

Avant d'avoir vu Gilberte, l'excellente mère avait pensé plus d'une fois que ce serait là une femme fort convenable pour Louis ; après le bal de M. et Mme de Grandpré, elle comprit que jamais elle ne trouverait mieux.

La façon dont la baronne était rentrée dans le monde n'était pas un triomphe ; ce n'était pas non plus un échec ; on avait accepté son invitation par curiosité, on était venu par intérêt, on était parti satisfait. Cette maison était une de celles où déjà l'on pouvait aller. Bientôt, ce serait une de celles où il faudrait être reçu ; aucune rigueur ne tiendrait devant le fait accompli d'une situation désormais correcte, étayée sur une fortune et des relations considérables.

Entre ce moment et l'heure présente, il y avait un laps de temps précieux, qu'on pourrait peut-être prolonger avec quelque diplomatie, en disant un peu de mal de Mme de Grandpré, pas trop cependant, – temps inappréciable, où Gilberte, encore novice, pouvait être saisie au vol pour ainsi dire ; c'est pourquoi Mme d'Égrigné rendit visite à la baronne à son plus prochain jour.

En cette circonstance délicate, l'excellente mère s'était fait accompagner par sa fille, qu'elle ne sortait guère, mais dont la présence allait être de première importance dans cette petite campagne.

Emma d'Égrigné ne ressemblait en rien à sa mère ni à son frère ; c'était une grande fille, trop grande, et pour cette raison gauche et timide. Depuis la mort de son père, elle n'avait plus été choyée par personne ; une fille, à quoi cela peut-il servir dans l'échafaudage d'une fortune, quand elle n'est ni jolie, ni intrigante, ni même intelligente ? La pauvre Emma, toujours grondée, toujours traitée de sotte et de maladroite, s'était repliée sur elle-même, se retirant peu à peu de tout ce qui fait la vie des jeunes filles.

Un moment, elle avait eu l'idée d'entrer en religion. Il lui semblait que l'atmosphère blanche et paisible d'un couvent la ferait respirer plus à l'aise ; le renoncement serait peu pour elle, qui, dans le monde, avait déjà renoncé à tant de choses.

Mais Mme d'Égrigné n'avait rien voulu entendre, et lui avait dit tout crûment les motifs de son refus : on n'avait point de dot à lui donner. C'était à elle, au contraire, en se mariant du mieux qu'elle pourrait, d'apporter lustre et fortune à sa famille. Plus tard, quand son frère serait établi, quand le grand édifice de sa vie entière aurait reçu son couronnement, on verrait, si Emma tenait toujours à ses idées, à lui fournir la somme nécessaire pour prononcer ses vœux dans un établissement bien noté, de nature à leur faire honneur, car Mlle d'Égrigné ne pouvait pas entrer en religion n'importe où.

La pauvre enfant s'était soumise en silence, comme elle l'avait toujours fait. De ce cruel entretien, assaisonné de quelques railleries fraternelles, un seul désir lui était resté : voir au plus vite s'accomplir ce fameux mariage, qui, pour toute la famille, devait être la fin d'une multitude d'ennuis et de menues misères.

Cette grande fille à tête de mouton regardait Gilberte avec une admiration si sincère, que celle-ci en fut secrètement flattée. Au couvent où elle avait été élevée, Mlle de Grandpré ne manquait pas d'amies ; comme c'est l'usage, en se quittant, on s'était promis de se revoir ; mais ces promesses rarement tenues avaient trouvé un nouvel empêchement à leur exécution dans le rigorisme des mamans, si bien que Gilberte avait revu fort peu de ses anciennes compagnes, et celles-là n'étaient pas parmi les plus brillantes.

Il lui était resté de cette déconvenue un certain mécontentement ; les blessures de l'amour-propre ne sont-elles pas des plus difficiles à guérir ? Une jeune personne qui semblait vouloir l'adorer silencieusement devait plaire à Gilberte dès la première rencontre ; elle s'assit auprès de sa conquête, lui adressa quelques paroles aimables, acheva de la subjuguer, et, quand Mme d'Égrigné se leva pour partir, ses projets ambitieux avaient déjà fait un grand pas, à l'insu de tout le monde.

Dans leurs entretiens, le fils et la mère se gardaient bien ordinairement d'admettre Emma, incapable de les comprendre ; Louis, cette fois, se fût volontiers départi de sa prudence habituelle, tant il désirait s'assurer la charmante héritière ; connaissant le bon cœur de sa sœur, il lui eût fait part de ses projets afin de l'inciter à bien agir ; mais Mme d'Égrigné s'y opposa.

– Emma est si sotte et si romanesque ! dit-elle, on ne sait ce qu'elle serait capable de se mettre en tête. Laisse l'idée lui venir d'elle-même ; nous n'en serons que plus certains de son concours, et ce ne sera pas long ! Elle a, Dieu merci ! conçu une sorte de passion pour ta… disons ta fiancée !

Ce doux mot amena sur leurs lèvres un sourire satisfait. Ces braves gens, au fond, n'avaient pas l'âme méchante ; très supérieurs moralement au Bertrand de la fable, ils ne souhaitaient point habituellement le mal d'autrui, mais se contentaient de souhaiter leur bien premièrement, le mal d'autrui ne venant que lorsque cela était nécessaire.

Chapitre VIII

Pendant que Louis d'Égrigné faisait, par procuration au moyen de son innocente sœur, le siège de Gilberte, Paul de Grandpré subissait une métamorphose pour lui bien étrange.

Son âme d'enfant, violente et passionnée, s'était jadis subitement fermée aux émotions de tendresse ; de bonne foi, il s'était juré de ne plus aimer que son père et s'était tenu parole. L'entrée dans sa vie de sa sœur, jusqu'alors volontairement oubliée, avait produit sur lui un effet singulier : la vie et le contact de cette jeune âme avaient éveillé en lui des impressions auxquelles il s'était jusque-là refusé.

Non qu'il éprouvât pour Gilberte une affection bien profonde : il la considérait plutôt avec une sorte de curiosité amusée, comme un homme grave regarde les ébats d'un petit chat.

Mais les grâces de la jeunesse l'avaient touché, quoi qu'il en eût ; les autres jeunes filles lui semblaient désormais plus vivantes, plus réelles ; ce cœur, qui s'était obstinément fermé à l'amour parce qu'il ne voulait pas souffrir ce qu'avait souffert son père, s'était amolli, attendri.

Il n'en savait rien, il se fût révolté si on le lui avait dit, et pourtant, certaines mélancolies subites et profondes qui tombaient sur lui quand il était seul vis-à-vis de son feu, mélancolies empreintes d'un charme subtil comme un parfum, dont il sortait non sans effort et sans arrachement, étaient le résultat de cet état d'âme encore inconscient.

Paul n'était pas toujours mélancolique, cependant : des bouffées de contentement intérieur, qu'il n'avait jamais connues, lui montaient par instants au cerveau ; des sons, des couleurs qu'il n'avait point remarqués jadis évoquaient en lui des impressions presque joyeuses, des élans rapides et fugitifs vers une existence autre que celle qu'il menait...

Chimères ! pensait-il, creuses songeries ! Et, en se grondant un peu, il retournait à ses livres, à ses chiffres, raffermi par une mâle et grave pensée de tendresse pour son père.

Un soir, vers huit heures, Paul de Grandpré sortit d'un restaurant où il venait de dîner seul. Une rude journée de travail, le matin, à cheval, avec ses hommes, l'après-midi, avec ses chefs, sur des paperasses, l'avait fatigué au point de le faire reculer devant les obligations du dîner de famille.

Il s'affranchissait souvent, d'ailleurs, sous un prétexte ou sous un autre, de la pénible contrainte qu'il ressentait en face de sa mère. L'habitude n'avait rien ou presque rien été à l'acuité de ses sentiments ; c'était toujours à contrecœur qu'il prenait place près d'elle ; la pauvre femme s'en était si bien aperçue, qu'elle s'efforçait d'inviter quelque convive, le plus souvent Marsac, pour rompre la froideur de ces repas où Gilberte seule apportait de l'animation. Mais Paul n'aimait guère Marsac, malgré l'affection que portait le baron à cet ami fidèle et nécessaire, et la solitude lui semblait préférable à cette compagnie.

Il sortait donc du restaurant où il avait dîné avec la sobriété Spartiate qui était une de ses vertus, lorsqu'au moment de tourner ses pas vers la maison paternelle, il hésita. Une des rares horloges qui se font entendre au-dessus des bruits de Paris, sonna huit heures ; la nuit de février était assez douce, quoiqu'un vent humide fouettât le visage du jeune homme au détour des rues ; après une seconde d'indécision, il se dirigea vers une des vieilles maisons de la rue Saint-Honoré.

C'était une ancienne demeure, habitée par des gens aux coutumes anciennes. Depuis le marteau de la porte cochère jusqu'aux quinquets de l'escalier monumental, tout prouvait que le propriétaire entendait ne rien accorder aux inventions modernes. La sonnerie et le gaz étaient des innovations sinon nuisibles, au moins inutiles, dans l'esprit de cet homme inflexible, et son concierge à cheveux blancs ne rougissait pas non plus de voir au-dessus de sa loge, écrit : Portier.

L'escalier de pierre n'avait point de tapis, la rampe en fer forgé rehaussée de rosaces dorées soigneusement entretenues n'avait point de main courante en bois : tout était resté là comme au temps du grand Roi.

Paul sonna au premier étage ; les idées du propriétaire avaient dû céder sur ce point, étant donnée l'impossibilité, avec les théories actuelles, d'obtenir de domestiques qu'ils consentissent à rester toujours, dans l'antichambre. Au premier voleur qui, trouvant la porte ouverte et le valet de pied absent, avait emporté le paletot fourré d'un visiteur, le maître du logis avait compris la nécessité

Chapitre VIII

d'une concession. Il avait appelé un serrurier et fait poser des sonnettes ; mais, pour le marteau de sa porte cochère, il avait tenu bon, et, quand il rentrait tard, le coup formidable du heurtoir faisait sursauter dans leur lit les bonnes femmes du voisinage.

Le salon où fut introduit le jeune homme avait cinq mètres de haut ; des rideaux de lampas gris perle descendaient des larges corniches de bois sculpté et doré ; leurs plis traînants, alourdis par de riches et antiques passementeries, encadraient de profondes embrasures où, sur une marche de chêne poli, trônaient deux sièges, comme au temps passé.

Un grand tableau de Poussin, dont on ne distinguait à cette heure que le cadre entourant une tache sombre, et de somptueux portraits d'ancêtres ornaient les murs ; sur la cheminée, une pendule de Boulle, haute de quatre pieds, et des girandoles de cristal achevaient de donner à cette pièce un air de proche parenté avec les salons de Versailles.

De chaque côté du foyer, où flambait une énorme bûche de charme, deux grands fauteuils étaient occupés par les maîtres de céans. Ils étaient bien en harmonie avec la maison et le mobilier ; lui, grand, droit et robuste, les cheveux drus, d'un blanc d'argent mat ; elle, mignonne et fluette, les mains frileuses dans des mitaines, plus jeune de vingt ans et déjà sexagénaire : M. et Mme de Cérences.

Une lampe Carcel brûlait près de chacun d'eux, à chaque extrémité de la grande cheminée ; mais, dans une si vaste pièce, si haut et à une telle distance des visages, cette clarté eût été insuffisante pour permettre toute occupation ; une petite table, devant le foyer, à égale distance des deux époux, portait une troisième lampe de système antique, coiffée d'un abat-jour vert ; dans le cercle lumineux qu'elle projetait, on voyait deux mains de jeune fille, élégantes et minces, qui tenaient un livre ouvert.

Le visage de la liseuse était dans l'ombre, elle lisait à haute voix, et cette voix était d'un timbre exquis, cristallin, légèrement mouillé, comme si elle eût eu en elle une source de larmes cachée, mais toujours prête à déborder.

Quand le valet de pied annonça M. de Grandpré, le livre trembla légèrement dans les mains graciles, et la voix s'arrêta net. La jeune fille se leva, et Paul reçut en pleine figure le regard de deux beaux yeux bruns, doux et timides, qui semblaient lui demander pardon de ne pouvoir s'empêcher de le regarder.

– Bonsoir, monsieur de Grandpré, vous vous faites rare ! dit le vieillard d'une voix de basse profonde.

Paul s'inclina respectueusement, en murmurant une excuse, et salua les deux femmes. Une chaise lui était avancée par le valet de pied ; il s'assit, non loin de la petite table de la liseuse, et attendit qu'on lui adressât la parole.

Il aimait cet intérieur aux coutumes anciennes ; en ce temps de poignées de main banales, le jeune homme n'avait jamais touché la main de M. ni de Mme de Cérences, encore moins celle de leur petite-fille Hermine, et pourtant, il se sentait bienvenu dans ce cercle de famille fermé aux profanes.

Un hasard l'avait présenté à M. de Cérences ; tout aussitôt, son excellente tenue, taxée par d'autres d'incurable froideur, avait plu à ce représentant d'un autre âge. Un acte de politesse, hommage respectueux, bien simple pourtant, et si naturel qu'il eût dû passer inaperçu, lui avait gagné le cœur de Mme de Cérences.

Sortant d'un magasin au moment où passait le jeune homme qu'elle avait rencontré une fois seulement, elle l'avait vu lui ouvrir la portière de sa voiture et s'y tenir, tête nue, jusqu'à ce qu'elle l'eût congédié du geste.

Il n'en avait pas fallu davantage pour lui gagner le cœur de la vieille dame.

Quelques jours après, il avait reçu une invitation à dîner, et depuis, admis à présenter ses hommages le soir, – on dînait à six heures dans cette antique maison, – il venait, une fois environ par semaine, passer une heure auprès de ces représentants d'une autre époque.

Hermine était de notre temps, cependant, bien qu'elle eût gardé sur elle le reflet de cet intérieur, non pas suranné ni vieillot, car tout y respirait la grandeur, mais ancien et presque bizarre, à force de fidélité au passé.

Vêtue à la mode, – non celle qui, née aujourd'hui, passera demain, mais celle qui est assurée de durer encore quelques mois, elle conservait dans sa manière d'être, plus respectueuse encore que tendre à l'égard de ses grands-parents, quelque chose des temps où

Chapitre VIII

le respect primait l'amour filial. Mais dans ses jolis yeux noisette se lisait, en dépit des formules, une indicible tendresse pour les vieillards dont elle était l'unique joie, de même que, pour elle, à eux deux seuls, ils représentaient toute la famille.

Hermine de Cérences avait perdu sa mère toute petite, son père peu d'années après, et, dès la mort de sa mère, elle avait été élevée dans la maison de ses grands-parents par des gouvernantes et des professeurs ; M. de Cérences n'avait jamais permis qu'elle suivît de cours ; la seule éducation extérieure qu'elle eût reçue, si l'on peut s'exprimer ainsi, avait été son instruction religieuse à la Madeleine pour sa première communion. Elle n'avait pas d'amies, n'allait presque pas dans le monde, la santé de Mme de Cérences l'obligeant à rentrer entre minuit et une heure, et ne connaissait de la vie pour ainsi dire que les devoirs. Avant de rencontrer Paul de Grandpré, elle n'avait jamais levé les yeux sur un jeune homme ; dès qu'elle l'eut vu, elle l'aima, sans le savoir, pensant seulement qu'elle rendait justice à ce visiteur, si poli pour sa grand-mère.

La conversation n'était pas fort animée ; M. de Cérences parlait d'une façon lente et précise qui ne laissait guère l'occasion de s'égarer à droite ou à gauche. Mais Paul trouvait à ces entretiens un attrait particulier ; il aimait ce salon et la mignonne figure de grand-mère, assise à gauche de la cheminée ; il aimait la petite lampe avec son abat-jour de porcelaine verte, et la couleur de la robe d'Hermine. Aimait-il Hermine ? Il n'en savait rien encore.

Pendant qu'il savourait la paix qui tombait de ce haut plafond, le roulement continu des voitures sur le pavé lui arrivait amorti, presque étouffé par les rideaux de lampas ; la vie, arrêtée là pour lui pendant une heure, continuait au dehors, avec ses émotions, ses agitations et ses risques… Que cet intérieur lui semblait doux dans son austérité, et qu'il eût souhaité de pouvoir y oublier à jamais sa peine cuisante, son incurable blessure…

La porte s'ouvrit à deux battants. Un nom fut jeté par le valet de pied, et un intrus s'avança vers Mme de Cérences. C'était un homme de trente ans environ, très correct, avec des favoris à l'anglaise, un air fermé, des mains froides et osseuses sous le gant. Dès le premier coup d'œil, il déplut à Paul, et celui-ci sentit qu'il déplaisait également.

Pendant que le nouveau venu débitait ses compliments aux deux vieillards, Hermine tourna vers le jeune officier ses yeux ingénus. Son regard presque suppliant disait clairement : – J'en suis fâchée, car nous étions bien mieux avant l'entrée de ce monsieur ; mais ce n'est pas ma faute, et je n'y puis rien.

Un sourire timide, hésitant, accompagnait le regard, et soudain Paul sentit son âme illuminée. L'adorable fille, et quelle grâce touchante en tout ce qui émanait d'elle ! Évidemment, ce monsieur n'était qu'un trouble-fête ! et cependant, Paul se sentit presque disposé à la magnanimité... puisque Hermine ne s'intéressait point à lui.

On le lui présenta ; M. de Villebois. Les deux jeunes gens s'inclinèrent avec froideur, se toisant en dedans d'eux-mêmes, et se déplaisant prodigieusement par cet examen, encore beaucoup plus qu'à première vue. Après dix minutes, employées par M. de Villebois à donner des nouvelles de Londres qu'il venait de quitter, Paul allait se retirer lorsque Hermine, avertie par un premier et très léger mouvement de retraite, lui dit à demi-voix :

– Attendez, monsieur, on va servir le thé.

Ce n'était rien : elle ne l'avait pas regardé ; ses mains délicates rangeaient le livre et le couteau à papier pour faire place au plateau qu'apportait un domestique, et Paul se sentit plein de reconnaissance. Le cœur léger, l'âme contente, il accepta une tasse de thé, un peu de crème, un petit gâteau... Il eût accepté n'importe quoi, si Hermine avait bien voulu prendre la peine de le lui offrir.

Le plateau fut emporté, Hermine se rassit à sa place, et Paul se leva. Il prit congé et se trouva dans le grand escalier sans avoir un souvenir exact de ce qu'il avait dit en s'en allant ; il se rappelait seulement que les vieux époux l'avaient invité à revenir, comme ils le faisaient à chacune de ces visites, et qu'Hermine, sans lever les yeux, lui avait rendu son salut. La porte cochère se referma sur lui : l'air de la rue frôla son visage avec le velouté d'une caresse.

Il avait plu. De lourds nuages, éclairés d'en dessous par la lueur de Paris, passaient rapidement sur sa tête dans le ciel très noir ; le pavé mouillé reluisait comme s'il venait d'être verni ; une odeur de printemps, douce, pénétrante, troublante, courait, avec le vent, le long des rues, des quais, des jardins déserts.

Paul s'en alla lentement, à travers la place de la Concorde. Mille

Chapitre VIII

souvenirs très anciens lui revenaient avec douceur. D'ordinaire, il évitait de songer à son enfance, de peur d'y rencontrer le visage de sa mère, jeune et tendre, affectueusement penchée vers son petit visage de garçon résolu... Cette nuit, il retrouvait dans sa mémoire des pensées dont elle était absente, et il s'y abandonnait avec une grande douceur...

Premiers rêves d'adolescent ambitieux, songeries de palmarès..., l'ombre d'un vieux professeur qu'il aimait et qui était mort... Ils l'avaient conduit au cimetière un jour d'avril, sous de courtes et rapides averses, et les lilas embaumaient tout le long des jardinets, jusque dans le cimetière... Depuis, l'odeur des lilas lui avait toujours parlé de mélancolie et d'immortalité.

L'air ne sentait point le lilas en cette nuit de février, et pourtant, le vent apportait de quelque rive inconnue un parfum singulier, qui le grisait presque. Sur le pont de la Concorde, il s'arrêta pour regarder la rivière.

Les lumières des quais y tremblotaient en points de feu innombrables, infinis ; les lignes flamboyantes s'en allaient à perte de vue, se confondant ; enfin, les candélabres des ponts avec les fanaux réfléchis sur les rides noires de l'eau courante, faisaient de larges bracelets, des ceintures dorées, semées de rubis et d'émeraudes, au flot, resserré entre ses rives lumineuses. Un bruit mélancolique, régulier, musical, accompagnait le passage de la Seine sous les arches ; on eût dit une mélodie rythmée, une voix de femme qui chanterait une berceuse en pleurant...

Et pourtant le frisson, le sanglot des ondes n'étaient pas tristes ; la splendeur des lumières frémissantes semblait une apothéose d'or dans le lointain noir, une fête mystérieuse et magique, d'une invraisemblable richesse, où, sous un souffle de printemps éternel, seraient conviés ceux-là seuls qui auraient gagné l'immortalité.

L'immortalité... Il y pensait encore ; pourquoi ?

– Rien n'est immortel, se dit Paul, avec un retour amer sur le chagrin de sa vie.

Tout à coup, une voix éclata en lui :

– L'amour est immortel ! Il se renouvelle et passe d'un être à un autre, il finit et recommence ; à travers les siècles, il crée et torture ; il tue et meurt, puis renaît et recommence, comme les printemps.

L'air plus velouté, plus tiède encore, le faisait frissonner comme un baiser.

– Ô printemps, murmura Paul, avec un mouvement instinctif vers l'apothéose là-bas, dans le noir, au delà des ponts ! ô printemps ! jeunesse, vie !...

Jamais il n'avait rien ressenti de pareil : jamais son être moral, froissé, blessé, fermé, ne s'était ainsi déployé ; il sentait des ailes à son âme, et sa poitrine respirait plus largement qu'elle ne l'avait encore fait. La vision d'une petite lampe, sous un abat-jour de porcelaine verte, d'un visage candide, de deux yeux souriants, apparut dans le cadre noir et or comme dans un tableau de féerie, et la douce lueur qui en émanait éteignit, noya dans le vague la splendeur dont son œil était rempli.

– Hermine, pensa-t-il, c'est donc vrai que je l'aime ?

Il serra étroitement ses bras sur son cœur qui renfermait un monde nouveau, et rentra chez lui, comme s'il portait un trésor. Bientôt il s'endormit, sans songer à rien, d'un sommeil sans visions et sans rêves, terrassé par la grandeur de son émotion. Vaincu par la soudaineté de sa découverte, il n'hésita pas un instant à tourner cette page du livre de sa vie ; à dater de cette soirée, il fut un autre homme.

Chapitre IX

Malgré les émotions qui l'avaient transformé, Paul de Grandpré n'en était pas moins un être raisonnable et raisonneur, qui, prenant au sérieux toutes choses, ne voulait pas agir à l'étourdie.

Depuis le drame de son enfance, le mariage lui était apparu comme une sorte de lutte, où le meilleur des deux êtres, si malheureusement liés, devenait fatalement la victime de l'autre, et il s'était résolu à ne jamais se marier. Un souffle de siroco, un demi-sourire d'une bouche ingénue, un regard innocent et troublant, suffiraient-ils pour bouleverser les convictions de sa jeunesse ? Ne fallait-il pas d'abord s'assurer qu'il n'était point le jouet de ses nerfs tendus, surexcités par une journée de travail excessif et une influence atmosphérique anormale ?

On s'assure difficilement de ces choses-là ; mais le lendemain de ce jour mémorable était un dimanche, et le dimanche donne des facilités exceptionnelles aux chercheurs de solutions metaphysiques. Paul n'avait qu'à se rendre à la Madeleine, pour la messe d'une heure ; il était certain d'y rencontrer Mme de Cérences, qui ne sortait jamais avant son déjeuner ; la vue d'Hermine suffirait certainement à éclairer le jeune homme sur l'état véritable de ses sentiments.

Orné de ces beaux raisonnements, l'homme positif au cœur sec, assez mal représenté pour l'heure par Paul de Grandpré, se dirigea vers la Madeleine, et, dans sa frayeur de manquer l'entrée des deux femmes, s'embarrassa dans la sortie de la grand-messe, où il fit, de son propre aveu, assez sotte figure.

Rapidement, l'église se désemplit, puis se remplit d'une foule élégante et très parée. Aucune de ces jolies femmes n'attira l'attention du jeune officier ; se croyant bien dissimulé dans un des rangs de chaises les plus voisins de la porte, il attendait avec une certaine agitation... Tout à coup, il vit un chapeau noir, dont le large bord ombrageait un front pur et deux yeux noisette. Il était entré bien des chapeaux, noirs à larges bords, depuis dix minutes, et aucun ne lui avait porté un tel coup au cœur...

Hermine trempa le bout de son doigt dans le bénitier, puis se pencha vers sa grand-mère pour lui offrir l'eau bénite ; Mme de Cérences, à son tour, tendit l'extrémité de ses doigts à son mari qui la suivait, et tous trois se dirigèrent vers la nef.

Pourquoi Hermine tourna-t-elle la tête vers l'endroit où se trouvait Paul ? Pourquoi une rougeur exquise, transparente, idéale, vint-elle dorer son teint de blonde délicate, et pourquoi Paul eut-il si horriblement honte et peur d'être vu par elle, qu'il ferma les yeux pendant un millième de seconde, au lieu de saluer, comme c'était son devoir ?

Une pensée horrible traversa le cœur de la jeune fille : « Ce n'est pas pour moi qu'il est venu ! » Elle passa, toute droite, soudain glacée, se demandant comment elle ferait pour supporter un chagrin pareil.

La timidité de Paul, ce qu'il appela sur-le-champ sa lâcheté, n'avait duré qu'un instant inappréciable, et pourtant, lorsqu'il rouvrit les yeux, Hermine avait passé. Il se maudissait lui-même, lorsque, malgré elle, elle retourna vers lui son visage pâli, tiré, transfiguré par sa première peine d'amour.

Cette fois, ils se comprirent. Elle détourna bien vite ses yeux pleins de larmes heureuses, et il resta immobile, fasciné, la suivant du regard ; son âme lui semblait une coupe trop pleine que le moindre mouvement ferait déborder.

Elle avait disparu dans les rangs des fidèles ; la haute taille de M. de Cérences lui indiquait seulement l'endroit où elle se tenait ; c'était déjà quelque chose. À plusieurs reprises, Paul se demanda s'il ne s'en irait pas sur-le-champ savourer sa joie, mais il n'en eut pas le courage.

Avec cette bêtise particulière aux gens intelligents que la passion domine, il se persuada que sa présence en cette église était la chose la plus naturelle du monde, et que personne, au grand jamais, ne pourrait trouver matière à gloser dans son idée d'aller à la messe à la Madeleine, alors qu'il était de la paroisse Saint-Thomas d'Aquin !

Fort de la perfection de ses raisonnements, l'office terminé, il se tint près du bénitier pour recevoir encore une fois le regard de ces yeux angéliques... C'était déjà beaucoup, mais la passion l'emportait plus loin. Comme Hermine, sans le voir, tendait la main vers la vasque de marbre, il la prévint et effleura ses doigts avec l'eau bénite.

Surprise, elle avait involontairement reculé, mais elle l'avait reconnu même avant de l'avoir regardé. Le visage couvert de rougeur, elle le salua d'un signe de tête, puis se tourna en hâte vers ses parents.

Ils la suivaient en échangeant des saints avec les personnes de leur connaissance, et paraissaient n'avoir rien vu ; elle hésita ; puis, sentant l'impossibilité de répondre à quelque question que ce fût en ce lieu, à cette heure, elle sortit, les yeux perdus devant elle, comme dans un rêve. Le gai Paris remuant, qui s'agitait devant elle, dans la poussière dorée, dans le nuage des fontaines jaillissantes, lui semblait aussi lointain que les cimes de l'Himalaya.

– Hermine, que fais-tu ? lui dit sa grand-mère en la tirant en arrière au moment où, sans s'en apercevoir, avançant son pied dans le vide, elle allait manquer la première marche de l'escalier.

– Pardon, grand-maman, dit-elle en se remettant.

La secousse l'avait réveillée, elle reprit son attitude ordinaire.

– Qui donc t'a présenté l'eau bénite ? demanda Mme de Cérences.

Avec un violent effort pour maîtriser sa voix, qu'elle sentait mal affermie, la jeune fille répondit :

– M. de Grandpré.

La clairvoyante aïeule lui jeta un coup d'œil rapide. Peut-être, avant ce jour, avait-elle lu au cœur de son enfant plus loin qu'Hermine elle-même.

– Ah ! fit-elle avec une feinte indifférence, je ne savais pas que ce monsieur vint à la Madeleine.

– C'est la première fois, grand-maman, répondit imprudemment la jeune fille avec quelque vivacité.

– Ah ! répéta Mme de Cérences. Cela importe peu, d'ailleurs.

Et elle n'en parla plus.

Dans le courant de la semaine, Paul fit une courte visite, et, le dimanche suivant, il ne parut point à la messe d'une heure. Hermine se figura qu'elle s'était trompée, qu'il ne se souciait pas d'elle, et, pendant deux nuits, ne s'endormit que le visage baigné de larmes. Au bout de quinze jours, elle l'aimait éperdument.

Chapitre X

Pendant ce temps, Louis d'Égrigné faisait sa cour. Les occasions ne lui manquaient pas, sa sœur étant devenue une visiteuse assidue chez Gilberte, qui lui rendait de temps en temps ses visites ; de plus, Mme d'Égrigné savait mille moyens ingénieux d'attirer les jeunes filles chez elle, et s'en servait avec beaucoup d'à-propos.

Emma était l'instrument inconscient de leurs projets, avec d'autant plus de facilité qu'elle n'en avait pas le moindre soupçon. Pour la première fois de sa vie, elle ne rencontrait dans sa famille ni raillerie ni aigreur ; elle parlait de sa charmante amie, et on la laissait dire ! Bien mieux, on l'écoutait, on l'encourageait ! On répondait à ses jugements enthousiastes par des paroles flatteuses à l'endroit de celle qui en était l'objet ! Un pareil bonheur, et si nouveau pour elle, tournait complètement la tête de la pauvre fille, qui n'y pouvait croire ; aussi ne tarissait-elle plus en éloges sur sa mère et surtout sur son frère lorsqu'elle rapportait à Gilberte leurs entretiens, et les compliments qu'elle avait entendus à son égard.

Mlle de Grandpré savourait la flatterie avec délices. Elle avait commencé par y tremper ses lèvres d'un air dédaigneux, comme une chatte goûte à la crème ; maintenant, pour soutenir la comparaison, il faudrait dire qu'elle avait mis deux pattes dans l'assiette et qu'elle buvait à même, avec la gourmandise effrénée d'un petit chat.

Tenue avec une certaine sévérité par sa mère, qui redoutait pour elle le classique poison de la louange, gâtée, en revanche, par son père, traitée par son frère avec plus de condescendance fraternelle que de réelle intimité, Gilberte avait reçu ces hommages d'Emma comme chose due. Le côté très légèrement subalterne de cette adoration ne lui déplaisait pas, quoiqu'elle le perçût vaguement ; mais son caractère était de ceux qui s'accommodent des hommages inférieurs.

Cette pauvre Emma n'était ni jolie, ni brillante, ni rien de ce qui peut rehausser une amie, mais elle aimait sans réserve et complimentait sans vergogne, son âme un peu rudimentaire ignorant la beauté des circonlocutions ; or, quand on aime beaucoup la crème, on ne s'inquiète pas toujours du vase dans lequel on la savoure.

De plus, Gilberte n'aimait guère la maison paternelle ; après s'être fait si grande fête d'y rentrer, elle n'y trouvait pas ce qu'elle avait rêvé. Elle s'était imaginé, d'après les récits de ses compagnes au couvent, l'existence d'une jeune fille présentée dans le monde fort différente de ce qu'elle voyait dans son intérieur.

En échange de son bal, Mme de Grandpré avait reçu un certain nombre d'invitations, elle s'était fait un devoir d'accepter toutes celles qui en valaient la peine, et avait consciencieusement produit Gilberte.

Mais, l'oreille tendue vers les propos qui auraient pu la toucher, la baronne était là sur un qui-vive perpétuel : les heures qu'elle passait ainsi lui étaient douloureuses, et, au retour, quelque effort qu'elle pût faire, elle se trouvait peu capable d'écouter les caquetages de sa fille et d'y prendre intérêt.

Cette altitude réservée avait commencé par étonner Gilberte, qui bientôt s'en trouva froissée ; ce n'est pas ainsi que se conduisaient les autres mères. Quelques paroles dans ce sens provoquèrent un jour chez son amie, Mlle d'Égrigné, un accès de tendre compassion, où les mots « pauvre petite » ne manquèrent point de reparaître. Impatientée, Gilberte posa nettement la question : En quoi était-elle une plus « pauvre petite » que les autres ?

Entre autres dons, Emma d'Égrigné ne possédait pas ce qu'on appelle un esprit diplomatique ; prise au dépourvu par une attaque aussi directe, n'osant et ne pouvant répéter ce qu'elle avait entendu dire chez elle sur le compte de Mme de Grandpré, à une époque antérieure au bal, alors que les projets de sa famille, très vagues encore, commandaient dans les discours moins de prudence qu'au temps présent, la jeune fille perdit contenance et ne sut que dire.

– Enfin, voyons, qu'y a-t-il ? s'écria Gilberte très agitée. Quelqu'un des miens a-t-il commis un crime ?

– Oh ! non ! répondit sur-le-champ la malheureuse Emma, consternée. Je ne peux pas vous dire ce qu'il en est au juste, l'ignorant moi-même... Mais vous savez bien que votre père et votre mère... Enfin, ils ne se sont rapprochés que quand vous êtes sortie du couvent.

– Eh bien ! fit Gilberte irritée, leurs caractères ne se convenaient pas ! Il ne faut pas être grand sorcier pour s'en apercevoir ! Et ce n'est pas une raison pour que tout le monde m'appelle : « Pauvre petite ! » Vous ne dites rien ? Il y a donc autre chose ? Parlez ! ou bien je croirai que vous avez menti !

Très effrayée, Emma se laissa soutirer, non toute la vérité, mais une partie de la vérité, c'est-à-dire à peu près tout ce qu'elle savait : il y avait un mystère dans la vie de Mme de Grandpré, et c'est pour cela que Paul n'aimait pas sa mère, qu'il ne voyait pas avant sa rentrée dans la maison conjugale.

Jusqu'alors, Gilberte avait écouté d'un air de dédain ; mais ce dernier coup porta profondément. Ses propres tentatives pour interroger son frère lui avaient laissé l'impression d'un désappointement complet, si bien qu'elle y avait renoncé. Ce n'était que trop clair, et l'évidence était faite. Paul, assurément, n'aimait pas sa mère, malgré toute la peine qu'il prenait pour lui témoigner du respect et des égards purement matériels.

Alors, c'était vrai ? Un mystère ? Gilberte ne chercha point à le percer ; c'était déjà trop qu'on pût juger ainsi sa mère. Elle n'eut en elle presque aucune révolte contre ceux qui accusaient ; elle ressentit plutôt une amère humiliation à la pensée qu'elle était la fille d'une femme dont on parlait de cette façon.

Elle exigea d'Emma le secret le plus absolu sur leur entretien, et la pauvre fille promit tout ce qu'elle lui demanda, avec la ferme intention de tenir sa promesse ; mais, le soir même, avant qu'elle eût passé une demi-heure dans les mains expérimentées de Mme d'Égrigné, elle lui avait révélé tout ce que celle-ci avait intérêt à savoir.

Emma craignait une semonce vigoureuse. À son grand étonnement, il n'en fut rien ; sa mère se contenta de lui enjoindre le silence sur cet incident, et l'abandonna à ses remords.

Gilberte, pendant deux ou trois jours, souffrit cruellement. De même que la baronne, elle se prit à écouter les propos, à chercher des allusions ; elle n'entendit rien, mais n'en resta pas moins blessée. Elle en voulait à tout le monde : à sa mère, pour lui avoir fait cette situation désobligeante ; à son frère, parce qu'on avait remarqué son attitude ; à son père, qui jadis n'avait pas su s'arranger de façon à éviter les commentaires. Ne sachant rien, ne pouvant rien deviner, elle arrangeait dans sa tête un petit roman où tout le monde avait tort, et, qui plus est, tort envers elle.

Très rapidement, car cette petite cervelle s'enflammait, elle conclut que le mariage seul mettrait fin à sa situation, qu'elle trouvait maintenant intolérable, et il lui sembla qu'elle n'arriverait jamais à se marier assez vite.

Même avant d'avoir éprouvé ces sentiments pénibles, elle avait souhaité de se marier promptement. Elle s'était imaginé que la saison ne s'écoulerait pas sans qu'elle eût été l'objet d'une demi-douzaine de demandes, et, jusqu'ici, elle n'avait entendu parler de rien. Était-ce possible ?

Dans un accès d'irritabilité, – cet état d'esprit devenait fréquent chez elle, – Gilberte se décida un jour à interroger directement sa mère. Elle n'éprouvait plus pour elle la tendre et joyeuse sympathie de l'été précédent, mais bien une sorte de rancune secrète, où un fonds d'affection ne faisait qu'ajouter une souffrance. Comment se faisait-il que sa main n'eût pas encore été demandée, depuis le commencement de l'hiver ? Peut-être à son insu ?

La baronne, surprise d'abord, répondit avec beaucoup de sang-froid :

– Non, Gilberte, dit-elle, personne n'a encore demandé ta main. Tu es très jeune, trop jeune pour le mariage, et notre désir n'est pas que tu entres si promptement dans la vie conjugale ; mais, si quelqu'un se présentait, comme nous sommes résolus à te laisser toute liberté, tu en serais instruite, à moins que...

– À moins que ?... répéta curieusement la jeune fille.

– À moins que le prétendant ne fût indigne de toi.

Gilberte fit la moue : ceci ne lui plaisait pas. Elle entendait connaître tout ce qui la concernait, et s'en expliqua avec une certaine vivacité.

Déjà Mme de Grandpré s'était aperçue d'un changement en sa fille ; elle l'avait attribué aux instabilités de caractère fréquentes à cet âge ; l'idée que sa Gilberte pouvait changer envers elle seule n'avait pu l'effleurer. Cette fois, elle remarqua, bien malgré elle, le ton presque agressif, le langage irrespectueux, et son âme en fut troublée jusqu'au fond.

Se pourrait-il que le sacrifice des parents eût été perdu pour l'enfant ? En abdiquant sa fière et douloureuse indépendance, la baronne n'aurait-elle fait que déchoir aux yeux de sa fille ? Lui aurait-elle ainsi donné le moyen d'apprendre ce qu'elle avait espéré lui garder secret ? Secret, au moins jusqu'au moment où Gilberte devenue une femme, mûrie à son tour par les épreuves de la vie, saurait comprendre et pardonner.

L'orgueilleuse baronne sentait maintenant qu'elle aurait un jour besoin du pardon de sa fille comme elle implorait celui de son fils ; mais sa fille n'aurait pas souffert par elle, sa fille, heureuse et mariée, n'aurait le droit de lui rien reprocher en ce qui la concernait. C'était le rêve qu'elle avait fait.

La réalité renversait donc ses espérances ? Gilberte, encore à l'âge de l'intransigeance, croyait-elle avoir à juger sa mère ? Qui le lui avait appris ? Quelle bouche sacrilège avait osé révéler la faute de la mère à la jeune fille encore ignorante du mal ?

Toutes ces réflexions avaient traversé le cerveau de Mme de Grandpré avec une extrême rapidité. Ne pouvant pas, ne voulant pas s'y arrêter, elle répondit à sa fille avec douceur, mais avec une fermeté qui aigrit encore l'humeur de la jeune révoltée.

Gilberte se trouvait dans la situation la plus bizarre et la plus nouvelle vis-à-vis de sa mère. Elle l'aimait encore, et elle eût beaucoup donné pour l'entendre lui dire : « Rien de ce qu'on t'a dit n'est vrai ! » Elle l'eût crue sans hésitation, se fût jetée à son cou, et peut-être, à partir de cet instant, l'eût adorée.

La nécessité de cacher ce qu'elle avait dans l'esprit mettait Gilberte au contraire dans un état singulier, dont le mécontentement était le symptôme prédominant. Jusqu'alors, elle avait eu des accès d'humeur, mais elle n'avait pas encore positivement tenu tête à sa mère. Cette fois, elle résista pour tout de bon, et la baronne, irritée à son tour, l'ayant pris de haut :

– Je ne veux pas de mystères dans ma vie, moi ! déclara la jeune fille d'un ton âpre.

L'effet produit par ces mots l'effraya au-delà de ce qui se peut exprimer. Sa mère, devenue toute blanche, agitait les lèvres sans pouvoir proférer un son et la regardait avec des yeux pleins d'une terreur mêlée de profonde pitié.

– Pardon, maman, pardon ! s'écria l'imprudente, en se précipitant vers elle.

La main de la baronne l'arrêta dans son élan. Mme de Grandpré avait retrouvé la parole.

– Je puis, pour cette fois, vous pardonner votre mauvaise tête, dit-elle d'une voix si changée que Gilberte en eut le frisson ; mais vous ferez bien de ne plus recommencer à me parler sur ce ton ; je ne le souffrirais pas.

Elle n'avait pas voulu comprendre. Gilberte, au lieu de lui en savoir gré, s'en trouva blessée. On la traiterait donc toujours comme une enfant ? Elle baisa assez froidement la joue de sa mère, et, l'instant d'après, sous un prétexte, se retira dans sa chambre, où elle put donner cours à sa méchante humeur.

Emma vint la voir, fort à propos ; sans lui rien révéler de ce qui s'était passé, Gilberte se plaignit d'être trop rudement traitée. Son amie s'apitoya avec elle sur sa douleur et, brusquement, par un sursaut de son esprit un peu obtus, s'écria :

– Pourquoi ne vous mariez-vous pas ?

Gilberte faillit se mettre en colère, tant la réflexion lui semblait malencontreuse, mais elle se retint.

– Je me marierai, répondit-elle posément. Il me tarde d'être sortie d'ici !

Avant huit heures du soir, Louis et sa mère tenaient ce propos de la bouche de l'innocente complice.

La situation était grave ; il n'y avait plus de temps à perdre. Mme d'Égrigné résolut d'agir sans tarder. Emma écrivit sous la dictée de sa mère un petit billet fort bien tourné, où elle invitait son amie à venir travailler chez elle le lendemain après midi, pour une vente de charité.

Chapitre XI

Jamais Mme de Grandpré n'avait soupçonné, derrière l'insignifiante Emma, ce frère qu'elle voyait si peu dans sa maison ; Louis d'Égrigné, en effet, faisait sa cour à Gilberte dans le monde, ne manquant pas une occasion de la rencontrer, attendant visiblement sa venue pour danser, se tenant non loin d'elle pendant qu'elle dansait avec un autre, manifestant, en un mot, les attentions les plus marquées et les plus exclusives, mais tout cela de façon que la baronne ne pût s'en apercevoir. Avec une mère dans les conditions ordinaires de la vie, ce manège n'eût point passé inaperçu ; mais Mme de Grandpré n'était pas une mère ordinaire.

Elle permit donc sans difficulté à Gilberte de se rendre à l'invitation de Mlle d'Égrigné ; ce n'était pas la première fois que ce même but de charité servait de prétexte à une petite réunion de jeunes filles, terminée par un friand goûter, Mme d'Égrigné possédant à merveille l'art de flatter la gourmandise discrète de jeunes personnes bien élevées.

Mlle de Grandpré ne trouva chez son amie que trois ou quatre fillettes de quatorze à quinze ans, fort affairées à coudre des pelotes et des porte-aiguilles de couleurs variées. Peu à peu ces jeunes néophytes de la charité furent rappelées dans le sein de leurs familles, qui les envoyèrent chercher, et Gilberte se trouva seule avec Mme d'Égrigné, Emma ayant disparu, on ne sait comment.

Avec un art non moins parfait que celui qu'elle apportait à composer une dînette, la bonne femme plongea sa future bru dans un moelleux fauteuil, d'où il n'était pas facile de sortir, et se mit à lui parler confidentiellement.

– Ma chère enfant, lui dit-elle, vous me permettrez bien cette appellation affectueuse ? vous ne sauriez vous douter de la place que vous avez prise dans ma vie ! Oui ! cela vous étonne ? Vous le comprendrez tout à l'heure. Depuis que je vous connais, vous avez gagné peu à peu une part toujours plus grande dans mes pensées. Emma vous aime comme si vous étiez sa sœur. Cela m'a d'abord surprise, car elle n'est pas banale, et je ne lui avais jamais vu manifester de sentiment si vif pour aucune des jeunes filles qu'elle a rencontrées dans le monde. Ensuite, par ses récits enthousiastes, j'ai pu comprendre le degré d'affection que vous lui avez inspiré, et que vous méritez,

Gilberte écoutait, les yeux baissés, avec la modestie qui convient quand on reçoit à brûle-pourpoint des compliments énormes. Mme d'Égrigné reprit haleine et continua :

– Cette amitié que ma fille vous porte, et qu'elle a su me faire partager, nous a causé déjà bien des soucis... Je préfère vous parler en toute franchise, car le suspens où je suis m'est trop douloureux. Vous avez dit hier à Emma que vous alliez vous marier. Permettez-moi de vous demander si ce projet de mariage est très avancé ?

– Pas très avancé, répondit Gilberte, qui ne mentait pas.

– C'est que... pardonnez à une mère... (ici Mme d'Égrigné fondit en larmes)... si votre choix est fait, si votre résolution est irrévocable... Mon pauvre fils... il en mourra !

Bien qu'enveloppés dans le mouchoir de la tendre mère, ces derniers mots avaient été prononcés de façon que Gilberte n'en perdit rien.

Quand on a dix-huit ou vingt ans, rien n'est plus flatteur que d'être cause de la mort d'un jeune homme, surtout quand ce jeune homme se porte encore très bien. À défaut de charité, la simple politesse exigerait qu'on l'empêchât de mourir, au moins sur-le-champ. Gilberte expliqua donc à Mme d'Égrigné que son fils n'était pas en péril immédiat.

L'excellente femme remercia avec effusion la jolie bouche qui lui faisait entendre de si consolantes paroles, et, dans sa joie de se voir rassurée, elle débita à Gilberte une quantité prodigieuse de choses dont quelques-unes n'avaient pas un rapport très direct avec l'amour de Louis. Grâce à beaucoup d'adresse, elle sut ramener constamment la pensée de la jeune fille sur les difficultés de sa situation dans le monde, sans lui en parler jamais. Elle insinua que M. et Mme de Grandpré, très autoritaires tous les deux, s'arrangeraient pour ne présenter à leur fille qu'un fiancé de leur choix ; que, dans le cas où Gilberte voudrait se marier selon son cœur, elle devrait s'attendre à des luttes très pénibles... Mais c'était le côté... un des côtés fâcheux des positions fausses... Peut-être M. et Mme de Grandpré n'avaient-ils pas été sagement conseillés lorsqu'ils avaient repris l'existence commune... C'était M. Marsac qui avait arrangé cela, on ne savait trop comment ni pourquoi, en vérité...

Mme d'Égrigné pinçait les lèvres en parlant de Marsac, comme si elle l'avait pincé lui-même ; sans raisons plausibles, par simple antipathie de nature sans doute, elle l'avait pris en grippe et mettait au nombre des choses qu'elle aurait souhaitées, le moyen d'être désagréable à cet homme de bien.

Gilberte écoutait, sans mot dire ; la savante parleuse procédait avec tant de perfection qu'on ne pouvait ni l'arrêter ni même l'interrompre ; elle s'interrompait elle-même avec un art infini, et les phrases qu'elle laissait inachevées étaient les plus dangereuses.

Quand elle eut bien semé le trouble et la méfiance dans l'âme de la jeune fille, Mme d'Égrigné revint à son fils. Quel malheur que Louis fût sans fortune ! Jamais la bonne mère n'avait tant déploré l'injustice du sort, qui répand le plus souvent ses faveurs sur ceux qui le méritent le moins ! Si M. d'Égrigné avait vécu, quelle situation n'eût-il pas atteinte, avec son talent, sa science, sa droiture, son impeccable jugement ! Mme d'Égrigné laissait entendre que la place de garde des sceaux sous un régime constitutionnel eût été à peine assez haute pour feu M. d'Égrigné ! Mais il avait été enlevé au moment où l'on commençait à lui rendre justice... et son fils, qui lui ressemblait de tout point, par le côté intellectuel et moral surtout, n'avait ni la fortune ni la renommée qui lui étaient dues. S'il avait eu des millions... et un nom retentissant, – le nom, il se le ferait, car il irait très loin, de l'avis de tous ceux qui le connaissaient bien, – mais les millions !... Ici, Mme d'Égrigné secoua douloureusement la tête. Le malheureux garçon était bien à plaindre. Sans fortune, riche seulement de sa bonne renommée, de l'honorabilité de son nom et de la folle tendresse qu'il avait conçue, jamais il n'oserait se présenter comme prétendant... Mme d'Égrigné savait à quoi s'en tenir sur le cœur de son fils... Il cacherait sa blessure : mais il en mourrait !

Ah ! que n'avait-elle su mieux garder ce secret ! L'excès seul de ses craintes maternelles pouvait excuser cette confidence qu'elle se reprochait comme une trahison envers son enfant.

Là-dessus, la porte s'ouvrit, et le héros de ce petit roman parut sur le seuil. En apercevant Gilberte, il voulut se retirer, mais il n'en eut pas le courage et resta dans la pénombre qui lui seyait bien, attendant un geste qui lui permît d'entrer.

Mme d'Égrigné, confuse, troublée, la tête perdue, refondit en larmes, lui dit : « Elle sait tout ! » et sortit par une autre porte, qu'elle referma.

Louis s'approcha, et fut éloquent. Il se laissa glisser à genoux, très habilement, sans se rendre ridicule, protesta de sa tendresse, blâma sa mère d'avoir parlé, supplia Gilberte, puisqu'il ne pouvait s'enrichir, de renoncer à la fortune qui les séparait, lui assurant qu'ils seraient très heureux dans la médiocrité, se reprocha ensuite amèrement de telles paroles, fit promettre à Gilberte de les oublier, lui jura qu'il l'aimerait sans espoir jusqu'au dernier soupir, baisa respectueusement, – et follement, – une main qui ne se retirait qu'à moitié, et rappela sa mère, en lui disant qu'elle n'aurait jamais dû se laisser aller à une faiblesse qui menaçait de le déshonorer, lui, un d'Égrigné ! Sur quoi, il sortit, désespéré.

Cela s'était très bien passé, et très vite. Le jeune homme avait su conserver assez de mesure pour que Gilberte ne pût se dire qu'on lui avait tendu un piège. Elle remit son chapeau, un peu pâle, un peu nerveuse, et se retira en embrassant Emma, qui venait de reparaître. Mme d'Égrigné n'offrit point de baiser ; elle tendit sa main en silence, d'un air qui demandait pardon, et la porte se referma, – on pourrait mieux dire que le rideau baissa sur cette petite comédie.

Gilberte n'était point sotte, et un peu de réflexion lui eût montré les points faibles de l'œuvre d'imagination où elle venait de jouer un rôle à peu près purement passif. Mais elle était jeûne, elle avait mauvaise tête, et tous les ferments d'indiscipline travaillaient

Chapitre XI

en elle. Les paroles ambiguës de Mme d'Égrigné avaient trouvé de l'écho dans ses propres impressions ; elle était à la fois vexée d'entendre dire par d'autres ce qu'elle avait pensé tout bas, et satisfaite de se voir en quelque sorte donner raison.

Dans cet état d'esprit, elle ne pouvait rien confier à ses parents de ce qu'elle venait d'apprendre ; elle garda le silence et médita profondément pendant plusieurs jours. Louis d'Égrigné ne parlait guère à son imagination par les côtés extérieurs, mais il lui avait dit qu'il l'aimait, elle l'avait vu à ses genoux, et ces choses-là font une impression profonde la première fois.

Une suite de petites malchances, comme il s'en présente toujours entre personnes mécontentes l'une de l'autre, maintint la froideur entre la baronne et sa fille, à tel point que M. de Grandpré s'en aperçut. Malgré la difficulté qu'il ressentait à aborder avec sa femme tout sujet confidentiel, il se résolut à lui demander si elle connaissait la cause de l'humeur de leur fille.

À la seule pensée de répéter les paroles qui l'avaient si profondément atteinte, Mme de Grandpré sentit le cœur lui manquer. Elle se contenta de dire à son mari que Gilberte avait émis un peu trop vivement le désir de connaître tout ce qui pourrait avoir trait à son mariage éventuel, et qu'elle avait cru devoir blâmer la façon dont la jeune fille s'était exprimée.

– Vous avez bien fait, approuva M. de Grandpré ; Gilberte s'émancipe beaucoup depuis quelque temps, à ce qu'il me semble...

– Elle n'était pas ainsi autrefois, fit la baronne d'un air de regret. Je puis vous affirmer qu'elle était douce et soumise...

– J'en suis convaincu ; j'ai pu m'assurer par moi-même qu'elle était toute différente quand vous nous l'avez amenée... C'est l'air du monde, sans doute...

– Elle voudrait, je crois, être mariée, fit lentement la baronne.

M. de Grandpré détourna la tête sans répondre. L'hiver ne s'était point écoulé sans qu'on l'eût pressenti de divers côtés au sujet du mariage de sa fille ; mais, pour un motif ou pour un autre, il n'avait cru devoir accueillir aucune de ces ouvertures. Malgré les tristesses de sa vie, il estimait que l'amour partagé est la meilleure sauvegarde de l'honneur conjugal, et il désirait avant tout que Gilberte aimât l'homme qu'elle épouserait. Or, aucun de ceux qui s'étaient présentés ne lui avait paru digne de l'amour de son enfant.

– Plaise à Dieu, dit-il enfin, qu'elle trouve le bonheur dans le choix qu'elle fera ! Ni vous ni moi ne désirons la contraindre en rien, mais j'aurais été heureux qu'elle aimât assez cette maison pour que nous pussions l'y garder quelques années avant de lui voir se créer un foyer à son tour.

Mme de Grandpré ne répondit pas. Ce n'était point la première fois que son mari exprimait le désir de conserver Gilberte le plus longtemps possible ; la tendresse paternelle n'en était pas, elle le devinait, la seule cause. Quoique le baron n'eût jamais fait d'allusion à la nouvelle séparation qui suivrait le mariage de leur fille, elle savait par Marsac combien l'idée de cette séparation lui était pénible.

– C'est, avait-il dit à leur confident commun, une cruauté inutile, envers elle, envers moi, envers nos enfants.

Mais la baronne s'était silencieusement maintenue dans son idée ; le monde, depuis qu'elle y avait reparu, lui pesait plus que jamais ; la nécessité d'y continuer à jouer un rôle lui paraissait de plus en plus odieuse. Une seule chose eût pu l'y rattacher, l'amour de son fils ; si elle avait reconquis le cœur de Paul, elle fût entrée à son bras, le front levé, dans le salon le plus hostile. Mais Paul ne lui avait pas pardonné, et ne lui pardonnerait jamais ; le besoin de solitude et de silence qui torturait la mère recevrait enfin satisfaction lorsque Gilberte serait mariée. C'est ce qu'elle dit à Marsac et ce que ce fidèle ami répéta à M. de Grandpré ; celui-ci comprit alors combien avait été vain son espoir lorsqu'il avait pensé, après le départ de leurs enfants par le mariage, trouver en sa femme la compagne d'une vieillesse sinon heureuse, au moins sans amertume.

De plus en plus travaillée par ses sourds mécontentements, irritée quelquefois autant contre Mme d'Égrigné que contre sa propre famille, en raison du trouble apporté dans son esprit, Gilberte devenait intraitable. Quoiqu'elle n'eût pas ouvertement résisté depuis le jour où sa mère lui avait fait si grand-peur, elle opposait, à tous les efforts de celle-ci pour rétablir l'équilibre, une mauvaise grâce tout à fait déconcertante, et cependant réprimée par la baronne avec une inexorable fermeté. Cet état de choses ne pouvait se prolonger longtemps ; la plus futile des contrariétés, un ordre mal compris et mal exécuté, sans mauvaise volonté cette fois, provoqua de la part de la baronne quelques paroles sévères ; le résultat chez Gilberte fut un tel accès de rage muette qu'elle écrivit sur-le-champ à Emma : « Dites à votre frère qu'il fasse sa demande. »

En expédiant ce billet, signé de ses initiales, Gilberte n'avait point intention de s'engager ; c'était une sorte de coup de tête destiné à manifester ses droits, ou, pour mieux dire, agir contre le désir des siens. C'est ainsi qu'elle entendait les punir.

Dès le lendemain, Louis d'Égrigné se présenta chez M. de Grandpré, et, comme il en avait reçu l'injonction, lui demanda la main de Gilberte.

Le baron fut moins étonné qu'il ne l'eût cru ; son intuition paternelle lui avait fait remarquer l'intimité des deux jeunes filles, et les façons de Gilberte depuis quelque temps l'avaient préparé à quelque démarche de ce genre.

Il n'était point satisfait ; le jeune homme ne lui plaisait qu'à demi, tout rêve ambitieux mis de côté ; la sœur était sotte, la mère ennuyeuse... il demanda huit jours pour réfléchir.

À mille lieues de soupçonner le complot, il ressentait pourtant une certaine défiance. Marsac, aussitôt consulté, ne lui révéla sur la famille d'Égrigné rien qui dût encourager beaucoup à accepter cette alliance ; le jeune homme avait déjà essayé une fois ou deux de se marier richement sans y réussir, mais nul ne pouvait cependant l'accuser d'être un coureur de dots, les apparences lui ayant toujours été favorables.

Mme de Grandpré ne se montra pas plus enthousiaste. La famille prise en bloc, pensait-elle, ne méritait pas qu'on lui fît l'honneur de s'y allier.

– Ils ne sont pas de notre monde, dit-elle simplement.

– Nous les recevons, et Gilberte va chez eux, fit observer le baron par pur esprit de justice.

Mme de Grandpré rougit faiblement. Depuis son retour sous le toit conjugal, elle avait bien fait des concessions à la fausseté de sa situation ; celle-là en était une parmi cent autres.

– Ce serait un bien médiocre parti, reprit-elle.

– Sans doute... Vous êtes d'avis de le refuser ?

– Ah ! certes !

– Nous sommes d'accord, dit le baron, avec un soupir de satisfaction. Je vais lui écrire.

– Et Gilberte ? fit Mme de Grandpré, non sans un violent effort, au souvenir de la scène douloureuse. Je lui ai promis qu'elle aurait connaissance de toute demande honorable. Celle-ci n'a rien de déshonorant...

– C'est trop juste, répliqua le baron. Voulez-vous lui en parler vous-même ?

La mère hésita. Elle n'osait pas, sans vouloir se l'avouer, courir le risque d'une conversation un peu intime avec sa fille : elle avait peur de ce qui pourrait en résulter.

– Ne pensez-vous pas, répondit-elle, que nous devrions lui faire part de cette démarche ensemble ?

– Vous avez raison, dit-il ; alors, voulez-vous la faire venir ?

Gilberte parut devant ses parents dans la plus fâcheuse disposition. Un billet d'Emma, reçu la veille au soir, lui avait apporté ces trois mots : C'est fait. Depuis, elle attendait avec une sorte de trépidation nerveuse, toute prête à supposer que ses parents lui cacheraient la demande. En se voyant appeler, elle crut qu'on avait consenti, et, pendant un instant très court, elle eut peur, absolument peur de ce qu'elle avait obtenu. Elle le connaissait à peine, en définitive, ce jeune homme qui demandait à devenir son mari ! Ses parents allaient-ils se débarrasser d'elle en la jetant au premier qui l'aurait demandée ? Bien des sentiments et des impressions contradictoires se heurtaient en elle en lui ôtant toute liberté d'esprit.

La voix grave et émue de son père ramena cette petite cervelle affolée à un sentiment plus réel des choses. M. de Grandpré lui fit part de la proposition, développa devant elle la situation véritable du prétendant, et lui posa ensuite une question bien nette :

– En de telles circonstances, désires-tu être la femme de M. d'Égrigné ?

Cinq minutes auparavant, elle était prête à répondre : Non. En exposant la médiocrité réelle de celui qui avait dit l'aimer, son père avait, sans le savoir, blessé une des mille fibres trop sensibles de ce jeune amour-propre maladif. Retournant la question, elle regarda son père bien en face et lui dit d'un ton presque hostile :

– Vous, mon père, désirez-vous que je sois sa femme ?

– Nous te laisserons absolument libre d'accepter ou de refuser, ma fille. Mais si tu nous demandes notre avis personnel, le voici : ni ta mère ni moi n'avons de sympathie pour ce jeune homme ; notre désir n'est pas que tu l'épouses.

– Pourquoi ?

Cette question surprit et troubla le baron, qui ne s'y attendait point. Il lui fallait répondre, cependant ; il trouva un argument bien malencontreux, étant données les circonstances.

– Sa fortune est en trop grande disproportion avec la tienne pour que nous puissions croire sa recherche désintéressée.

Les yeux de Gilberte flamboyèrent. À genoux devant elle, ne l'avait-il pas suppliée de se dépouiller de cette fortune inégale ? Son père supposait-il donc qu'elle ne pût être aimée pour elle-même ?

– Moi, dit-elle d'un ton froissé, pendant qu'une violente colère grondait en elle, je suis tout à fait sûre qu'il m'aime pour moi-même.

Ses parents la regardèrent stupéfaits, ne pouvant en croire leurs oreilles.

– Tu es sûre de cela ? fit la baronne, avec un mouvement d'inquiétude. Comment peux-tu le savoir ?

Le visage de Gilberte se couvrit d'une vive rougeur.

– Je le sais, dit-elle ; peu importe comment.

Le père et la mère échangèrent un regard ; point n'était besoin de chercher une explication : l'amitié d'Emma avait porté ses fruits.

– Ma fille, dit Mme de Grandpré, puisque tu ne veux pas nous expliquer comment tu as été éclairée sur les sentiments de ce jeune homme à ton égard, tu trouveras naturel que nous nous refusions à les prendre au sérieux. D'ailleurs, nous te l'avons dit, cette alliance ne nous convient pas. Nous avons tenu à t'en parler, d'abord parce que nous te l'avions promis, et puis, parce que tes relations amicales avec Mlle d'Égrigné vont s'en trouver modifiées... tu...

Gilberte devint très pâle, et toute sa gracieuse personne sembla se pelotonner pour un mouvement violent, mais elle resta immobile.

– Mon père, fit-elle, interrompant sa mère sans la regarder, vous m'avez demandé si je désire épouser M. d'Égrigné ; à cette question, je réponds : Oui.

L'acuité que le sentiment de leur fausse position apportait dans toutes les relations des deux époux rendait l'offense volontaire de leur fille particulièrement odieuse.

– Gilberte ! fit M. de Grandpré en se levant, tu viens de manquer à ta mère, demande-lui-en pardon sur-le-champ !

Sans répondre, la jeune fille se dirigea vers la porte.

– Gilberte ! répéta son père avec autant de chagrin que d'autorité.

Elle sembla ne pas l'entendre et disparut. Les parents restèrent vis-à-vis l'un de l'autre, la baronne glacée, frappée au cœur ; son mari désolé, et blessé peut-être plus qu'elle, pour elle.

– Cette enfant, dit-il très ému, a reçu de bien mauvais conseils...

Mme de Grandpré s'était levée, prête à suivre sa fille.

– Peut-être pas de mauvais conseils, fit-elle d'une voix altérée ; il suffit qu'on lui ait dit la vérité.

Elle sortit, la tête encore haute, mais humiliée jusqu'au fond de l'âme : tellement humiliée devant son enfant que, sans y prendre garde, pour la première fois, en présence de son mari, elle venait de faire allusion au passé.

Chapitre XII

Rien ne put faire céder Gilberte. La question pour elle n'était pas seulement celle de son mariage, c'était celle de ses rapports avec ses parents pour le reste de sa vie ; elle s'était, d'ailleurs, pensait-elle, rendu la maison paternelle intolérable, et il fallait en finir au plus vite. Au fond d'elle-même, une voix raisonnable lui disait bien de temps à autre qu'elle s'engageait dans un chemin sans issue, et que c'était payer bien cher un coup de tête, que de se précipiter dans un tel mariage ; mais elle refusait de l'entendre et s'obstinait de plus en plus.

Marsac se déclara incompétent.

– Gilberte, dit-il, obéit très probablement à une influence cachée, et rien n'est plus difficile que de lutter avec un ennemi invisible. Qui sait ? l'ennemi n'existe même pas, peut-être. Peut-être est-ce simplement une imagination surexcitée qui cause tant de désordre dans ce jeune cerveau... Sortez Gilberte, amusez-la.

– Et ce d'Égrigné ? Que vais-je lui répondre ? demanda le baron.

– Dites-lui que votre fille est trop jeune, et que vous voulez attendre.

C'est dans ce sens que M. de Grandpré écrivit au prétendant, qui n'en fut point surpris : il n'avait pas songé à obtenir Gilberte sans difficulté. Il répondit par une lettre correctement soumise, où il déclarait cependant ne pas abandonner tout espoir, et attendit.

Le baron fit part à son fils des événements qui troublaient si gravement leur vie ; quoiqu'il eût parlé avec une extrême prudence de la conduite de Gilberte envers sa mère, il n'avait pu tout à fait la passer sous silence. Le jeune homme ne fit aucune remarque. D'Égrigné ne lui plaisait pas : les dessous retors de cet esprit astucieux ne convenaient guère à sa nature fière et franche. Un jour, se trouvant seul avec sa sœur, il lui exprima son opinion avec une certaine brusquerie.

– Que peux-tu trouver qui te charme en ce petit monsieur pointu ? lui dit-il sans préambule.

Gilberte rougit de colère ; une des choses qui la froissaient le plus était le dédain, réel ou simulé, des opinions qu'elle pouvait avoir.

– Tel qu'il est, répondit-elle, il me plaît.

Comme son frère la regardait d'un air d'incrédulité :

– Et puis, je veux m'en aller d'ici, continua-t-elle. Cela t'étonne ?

– Je l'avoue. Tu y as été pourtant suffisamment gâtée !

– Gâtée ou non, la maison ne me plaît pas.

Leurs yeux se rencontrèrent, sans aménité ni tendresse. Paul comprit que sa sœur savait, au moins en partie, ce qu'il avait si ardemment désiré lui cacher. À cela, que faire ?

– On choisit, au moins, dit-il d'assez mauvaise grâce ; on ne prend pas le premier venu !

– Je le prends, parce que je l'aime ! rétorqua Gilberte avec aigreur. Et ce n'est pas le premier venu ?

– Mon compliment, alors ! fit le jeune homme en lui cédant la place.

À quoi bon s'appesantir sur les détails d'une lutte où l'autorité paternelle était vaincue d'avance, rongée au pied comme une plante affaiblie ?

– Je suis las, je l'avoue, dit le baron un soir que, pour la dixième fois, il tenait conseil avec sa femme et Marsac. Après tout, nous nous entêtons à refuser ce jeune homme presque uniquement parce que Gilberte l'agrée ; notre obstination n'est pas plus raisonnable que la sienne !

– Parbleu ! fit Marsac ; ce qui vous éloigne de ce garçon, ce sont les moyens employés pour gagner le cœur de votre fille...

– Eh ! s'écria Mme de Grandpré, si l'on était sûr qu'elle l'aime ! Qu'il l'aime, surtout ! Et si tout cela s'était fait ouvertement, honnêtement ! Mais, à l'heure présente, je suis convaincue qu'elle et son amie sont en correspondance réglée à ce sujet...

– Vous ne vous en êtes pas assurée ? fit Marsac, discrètement.

– À quoi bon ? répondit-elle avec un geste de désespoir à peine indiqué, mais poignant dans sa concision. La surveiller... Ah ! grand Dieu ! n'est-ce pas assez de la soupçonner ?

Elle couvrit ses yeux de sa main. Le baron, muet, avait détourné son regard. Ce débat au sujet de leur fille réveillait en eux mille souvenirs angoissants ; mille flèches barbelées pénétraient dans leurs anciennes blessures et les avivaient jusqu'à la torture extrême. N'avait-il pas soupçonné sa femme ? Et elle, n'avait-elle pas dissimulé jadis ?... Plus loyale, elle avait déserté le foyer avant de le trahir. Mais l'amour encore non criminel contre lequel elle avait si longtemps lutté, n'était-ce pas déjà la trahison ? Le mensonge, pour être tacite, n'était-il pas le mensonge ?

– Mes amis, dit Marsac, après les avoir examinés tous les deux en silence, la situation actuelle est tellement intolérable que la plus mauvaise solution vaudra encore mieux que le statu quo. Ce d'Égrigné n'est sympathique ni à vous ni à moi, et peut-être n'aime-t-il de votre fille que sa dot et la belle alliance. Mais, tel qu'il est, il a toutes les raisons de chercher à lui plaire, et, avec un bon contrat qui le lie et l'oblige à être aussi galant après qu'avant le mariage, ce sera sans doute un gendre passable, et même bon, tout comme un autre... Après tout, pourquoi n'aimerait-il pas Gilberte ?

– Ah ! fit douloureusement le baron, s'il l'aimait, il ne l'aurait pas détachée de nous ! Mais si vous croyez...

– Je ne crois rien et ne conseille rien, mon cher ami ; toute responsabilité m'effraierait en cette circonstance ; seulement, je ne vois pas le moyen de sortir de cette difficulté...

Il s'arrêta, ne sachant comment terminer sa pensée.

– ... Dans les circonstances particulières où nous sommes, acheva la baronne. Oui, ce qui serait délicat pour tout le monde devient épouvantable pour nous... Si vous êtes de l'avis de Marsac, monsieur, dit-elle en se tournant vers le baron, je ne mettrai pas d'opposition.

– Eh bien, fit M. de Grandpré... Ah ! qu'il m'en coûte d'y consentir... mais, s'il le faut, j'en aurai le courage. Comment avertir ce jeune homme, à présent ?

– Dites à votre fille que vous avez retiré votre opposition. Cela suffira, fit Marsac.

Gilberte reçut cette nouvelle très froidement. Au fond, elle ne tenait pas à ce mariage, et quand son père lui annonça qu'il y consentait, elle fut sur le point de lui dire qu'elle n'en voulait plus.

Mais l'orgueil la dominait trop pour qu'elle pût se résoudre à reculer ; elle remercia son père sans joie et sans élan. Pour sa mère, elle eut envie un instant de se jeter dans ses bras comme au temps de son enfance lorsque, après avoir été grondée au couvent, elle lui disait : Emmenez-moi.

La vue de ce beau visage, qui s'était toujours montré souriant pour elle, et que la douleur dont elle était cause avait rendu récemment rigide et glacé, la ramena à ses mauvais sentiments ; elle se contenta de la remercier avec aussi peu de cérémonie que s'il se fut agi d'un acte de la vie journalière.

– Nous avons perdu notre enfant, dit le baron quand elle fut sortie.

– Non, monsieur ; j'espère bien, je suis sûre que vous la retrouverez... C'est moi seule qui ai perdu son cœur, mais cela n'a rien d'étonnant, et... je puis le supporter.

Mme de Grandpré parlait d'un ton calme, mais le baron sentait sous cette apparente fermeté l'un des plus douloureux combats qui puissent déchirer une âme humaine.

Loin de rabaisser le fiancé de leur fille, M. et Mme de Grandpré s'ingénièrent à le présenter sous les meilleurs auspices. Le baron, grâce aux relations qu'il avait conservées, sollicita et obtint une situation fort honorable pour celui qu'on avait si longtemps nommé le petit d'Égrigné. Sur un point seulement, rien ne fut concédé : le notaire de la famille rédigea et fit signer un bon contrat, par lequel Mlle de Grandpré se réservait toute sa fortune. Gilberte, à ces clauses qui la garantissaient, ne fit aucune objection, – son fiancé non plus, quoiqu'il en fût intérieurement bien marri.

Le mariage eut lieu aux premiers jours de juin ; la foule qui s'y rendit fut considérable, et l'opinion publique, en somme, se montra favorable aux époux comme à leurs parents. On trouva, en général, que c'était très bien de la part des Grandpré de ne point rechercher la fortune ; d'autres, malheureusement, ne se firent pas faute de dire qu'ils avaient pris ce qu'ils avaient trouvé, bien heureux encore de ne point tomber plus mal. Bref, ce fut un mariage comme tous les autres ; seulement, pendant le défilé, alors que chacun glosait sur ce mariage d'amour, – car Mme d'Égrigné ne s'était pas fait faute de raconter « ce délicieux roman », qui apportait chez elle, bien à point, une dot si considérable, – la mariée, tout en recevant les compliments d'usage, avec une apparence radieuse, pensait que l'amour n'avait jamais été plus loin de son âme. Sous le jour cru de la sacristie, et surtout en les comparant à ses parents à elle, si beaux, si nobles dans leur réserve de bon goût, sa belle-mère lui fit l'effet d'une intrigante, sa belle-sœur d'une idiote, et son mari d'un petit homme étriqué, mesquin, presque ridicule.

Mais elle l'avait voulu ainsi et se déclara hautement satisfaite.

Chapitre XIII

En quittant la gare où ils venaient de conduire leur fille qui partait avec son mari pour le traditionnel voyage de noces, M. et Mme de Grandpré montèrent seuls ensemble dans la voiture qui les ramenait chez eux.

Depuis presque vingt ans, ils ne s'étaient pas trouvés ainsi côte à côte dans cet étroit espace où, pendant quelques instants, on respire le même air ; un souvenir remonta du passé dans leurs âmes, celui de leur propre mariage.

C'est ainsi que trente années auparavant ils étaient revenus de l'église où ils venaient de recevoir la bénédiction nuptiale ; lui, si tendrement, si passionnément amoureux ; elle, si confiante dans la vie, si sereine dans l'espoir du bonheur...

Involontairement, le baron poussa un soupir. Sa femme, accoutumée à la contrainte, n'avait rien témoigné de la pitié profonde que lui inspirait cette ruine de son existence ; le soupir qu'elle entendit lui parut si douloureux, qu'elle tourna la tête vers son mari.

Il était très pâle ; appuyé contre la paroi, il avait fermé les yeux avec une expression de suprême angoisse.

– Vous ne vous sentez pas bien ? dit Mme de Grandpré, inquiète.

Il rouvrit les yeux et se redressa avec effort pour répondre :

– La fatigue... et puis aussi un peu d'émotion... Veuillez me pardonner...

Ils arrivaient chez eux ; le baron descendit d'un pas assez ferme et monta dans son appartement. Sa femme avait à demi envie de l'y suivre, pour prévenir au moins le valet de chambre ; mais elle n'osa pas, et se retira chez elle.

Une heure à peine les séparait du dîner ; tout en changeant de toilette, la baronne songeait à ces années perdues, considérées jadis par elle comme des années de prison, et dont le souvenir lui revenait maintenant avec une sorte de charme douloureux.

Dans ce temps-là, en effet, elle avait joui d'une paix que depuis elle n'avait plus jamais retrouvée ; après tant d'orages et de douleurs, elle se rappelait cette période de calme avec une joie amère qui avait le mordant d'un regret. C'était bien quelque chose que de s'endormir sans trouble, sans appréhensions, avec la certitude que le lendemain serait un jour tranquille... Si ce n'était pas le bonheur, au moins c'en était un reflet.

Mme de Grandpré ne voulait pas songer à sa fille en ce moment. Leurs adieux, le matin, dans la chambre virginale, lorsque Gilberte, parée pour la cérémonie, l'avait embrassée, n'avaient pas donné satisfaction à son cœur. Dans ce baiser de son enfant, rien n'avait révélé à la mère un regret ou une vraie tendresse ; trop de malentendus les séparaient déjà pour que l'attendrissement pût se glisser entre elles ; leurs deux orgueils se tenaient tête. Non, la baronne ne penserait pas à Gilberte ; qu'elle fût heureuse avec le mari qu'elle avait choisi, c'était le souhait sincère, mais sans élan, que sa mère envoyait vers elle ; son cœur meurtri se refusait à s'arrêter davantage sur les années à venir comme sur les années écoulées. Les mères aiment à se rappeler l'enfance de leurs filles, et les joies qu'elles leur ont données lorsqu'elles ont quitté la maison maternelle ; Mme de Grandpré avait besoin de paix, elle ne songerait pas au passé... Dans le passé ancien où sa fille l'aimait, il y avait eu autre chose que sa fille, et dans le passé proche, où la vie de famille était reconstituée, Gilberte ne l'aimait plus.

Son fils... Mme de Grandpré passa la main sur ses yeux, comme pour en arracher toutes ces images douloureuses qui s'obstinaient à la hanter. Non, elle ne penserait pas non plus à son fils. Depuis la réception qui avait eu lieu chez elle, dans l'après-midi, il avait disparu. Sa place n'était-elle pas près de ses parents ce jour-là ? Il avait fait dire qu'il ne rentrerait pas pour dîner... Elle allait donc dîner en tête-à-tête avec son mari, pour la première fois ?

Cette idée lui parut insoutenable. Elle écrivit un mot à la hâte, et donna ordre de l'envoyer chez Marsac, afin qu'il vînt les aider à porter la fatigue de cette pénible soirée.

Mais le lendemain ? Mais les jours suivants ? Une quinzaine seulement devait s'écouler avant l'époque fixée pour leur séparation ; ensuite, elle serait libre.

Étrange et douloureuse liberté ! Libre de ne plus avoir aucun lien, de ne plus voir son mari, ni son fils... Ah ! son fils, elle revenait à lui, en dépit de ses efforts pour n'y pas songer. Elle ne le verrait plus !

Elle s'aperçut alors que la froideur cruelle de son enfant était encore une jouissance. Elle avait cru qu'à ne point le voir elle souffrirait moins, et elle sentit que ce serait une torture nouvelle. Ici, elle espérait malgré tout que chaque lendemain lui apporterait un peu d'indulgence, une parcelle de pardon ; quand elle aurait quitté sa maison, il n'y aurait plus pour elle aucune ombre d'espérance.

Mais elle ne devait pas pleurer ; le souci de sa dignité lui interdisait jusqu'à la douceur des larmes, qui laissent des traces visibles. Elle se redressa, se raffermit, prit un livre et lut n'importe quoi jusqu'au moment du dîner.

Marsac n'était point chez lui : le tête-à-tête redouté était inévitable. La baronne se rendit à la salle à manger, où elle trouva son mari.

Il était fort pâle et défait ; cependant, avec un grand courage, il se

Chapitre XIII

mit à table et entretint une conversation suffisante pour l'édification des gens qui les servaient.

Mais, le repas terminé, il souffrait d'une façon si évidente que sa femme l'engagea à se retirer.

– Vous avez trop besoin de repos, monsieur, lui dit-elle, pour songer à me tenir compagnie. Ne voulez-vous pas qu'on fasse prévenir votre médecin ?

Le baron lui jeta un regard où se voyait de la reconnaissance.

– Non, dit-il, merci ; c'est un peu de fatigue seulement... Ces derniers jours m'ont éprouvé. Vous semblez lassée vous-même. Je crois qu'en effet, l'un et l'autre, nous avons besoin de repos. Ne pourrions-nous pas... ? Mais vous ne voulez pas m'accompagner à la Vernerie ?

– Les eaux vous feront du bien, répondit la baronne avec une sorte de cruauté qu'elle se reprocha sur-le-champ. Ce n'est plus qu'une quinzaine de jours à attendre.

Il fit un signe de tête découragé. Non, elle ne voulait pas l'accompagner, elle le laisserait mourir seul ! La saluant avec sa courtoisie ordinaire, il se retira.

Elle resta pendant une heure ou deux dans le grand salon, un livre à la main, puis elle retourna dans sa chambre.

L'esprit malade, le cœur aigri, mécontentée d'elle-même et des autres, elle renvoya sa femme de chambre, et, avec une sorte de froide colère, elle se mit à ranger les objets qui lui appartenaient, ceux qu'elle avait apportés avec elle quand elle était rentrée dans ce logis.

Elle plia ses dentelles, enferma ses bijoux, réunit tous les menus souvenirs dont elle aimait à s'entourer, comme si elle partait le lendemain même. En attendant le jour de sa délivrance, elle vivrait ici, en étrangère, comme à l'hôtel.

– Comme à l'hôtel, répétait-elle avec une irritation maladive.

Elle se faisait mal à elle-même, et elle y prenait un amer plaisir, comme ceux qui tourmentent leur blessure et la font saigner.

Lasse enfin à ne plus se tenir debout, elle se mit au lit, espérant un sommeil de plomb pour résultat de tant de fatigue. Mais son agitation la poursuivit dans l'obscurité, malgré ses yeux fermés.

Elle voyait aussi clairement que par la plus ardente lumière tout ce qu'elle eût voulu chasser de sa mémoire : son fils, enfant, courant dans les jardins de la Vernerie, et se jetant la tête dans sa robe, pour quelque joie ou chagrin puéril ; son mari, jeune et gai, parcourant avec elle les routes de ce pays charmant où ils avaient passé leurs étés ; plus récemment, sous les mêmes ombrages, Gilberte causant, avec Marsac, affectueuse et confiante avec sa mère, éblouie par la bonté chevaleresque de son père...

Toutes ces images de bonheur détruit se succédaient dans le cerveau de la baronne comme les apparitions d'un kaléidoscope ; elle les voyait très brillantes, peintes de vives couleurs, d'une implacable netteté. Le jeu des physionomies déployait les nuances les plus délicates, elle y lisait mille sentiments variés. Comme elle avait bien vu ces choses jadis ! comme elle en avait été pénétrée ! Comme cette vie de famille, après tout, avait tenu la plus grande place dans son âme ! Il le fallait bien, pour que ce fût elle qui l'emportât sur tous les souvenirs du passé.

Soudain, une autre apparition surgit dans un autre cadre : dans le salon de sa mère, la baronne vit soudain Hector de Tinsay, tel qu'il était quand elle s'était décidée à partir avec lui.

– Non ! non ! cria-t-elle tout haut dans son angoisse. Non, pas lui !

Elle se leva vivement et ralluma sa bougie pour chasser tous ces fantômes d'une nuit d'insomnie. Dans cette maison, au milieu de ses douleurs maternelles, elle ne pouvait supporter l'image de son amant.

Brisée, elle but quelques gouttes d'eau fraîche et s'assit dans un fauteuil pour y attendre le jour. Comme elle arrangeait sur elle les plis de sa robe de chambre, elle entendit marcher près de sa porte. Les pas n'étaient point étouffés, on venait à elle. Elle se dressa. On frappa.

– Madame la baronne ! dit la voix du valet de chambre de son mari, qu'elle reconnut.

– Qu'y a-t-il ? répondit-elle en se levant.

– M. le baron est très malade ; il vient de tomber sans connaissance.

Elle resta un court instant immobile, cherchant à voir clair en son âme. En ce moment, elle se sentait plongée dans les plus épaisses ténèbres.

– J'y vais, répondit-elle, prenant sa décision. Envoyez prévenir le docteur.

Mme de Grandpré suivit le domestique, et, pour la première fois depuis la naissance de Gilberte, entra dans la chambre de son mari.

Le baron était couché dans son grand lit : les tentures sombres rehaussaient la pâleur de son visage ; les yeux fermés, les traits rigides, il semblait touché par la main de la mort. À le voir ainsi, sa femme se sentit pleine de pitié.

Elle avait vécu dix ans tranquille et honorée près de lui ; bien des fois, en s'éveillant le matin, elle l'avait vu reposer ainsi sur l'oreiller, mais il était alors dans la plénitude de la force et de la vie... Que de ruines, entre ces jours passés et l'heure présente !

Avec une indicible émotion dont elle n'eût pu démêler les nuances, la baronne se pencha sur son mari, essayant de saisir un souffle ; le valet de chambre tenait un flambeau près d'elle, d'une main qui tremblait fort, car il avait peur. Elle lui fit déposer sur un meuble la bougie inutile, et, courageusement, aidée du domestique, elle changea la position du malade. Redressant ses oreillers, elle lui releva la tête et les épaules, puis resta penchée, écoutant la respiration qui ne se faisait pas entendre.

Elle fit alors ouvrir la fenêtre, et l'air d'une tiède nuit de juin pénétrant dans la chambre fit vaciller les rideaux. Le baron poussa un faible soupir.

– Ah ! fit-elle, avec un inexprimable soulagement. De l'eau fraîche, de la glace plutôt, allez, je reste ici.

Le domestique sortit ; elle se trouva seule avec son mari.

La mort s'en allait lentement. Les mains n'étaient plus aussi froides, un souffle léger flottait sur les lèvres ; elle s'assit tout contre le lit, contemplant toujours le visage encore beau, animé jadis, quand elle le regardait, d'une expression de tendresse si profonde, si passionnée...

À ce souvenir, le frisson d'autrefois passa encore sur ses épaules, et elle détourna la vue. Mais un nouveau soupir la rappela à son devoir, et, résolument, elle attacha son regard sur les yeux fermés.

Ils s'ouvrirent lentement, ces yeux clos, avec l'expression étrange et mystérieuse de ceux qui reviennent à la vie, et se fixèrent sur ceux de sa femme, sans étonnement. En réponse, elle lui sourit, et ce sourire lui redonna l'apparence des anciens jours.

– Où suis-je allé ? murmura-t-il d'une voix encore mal assurée, pendant que son esprit flottait sur le bord de la vie.

– Nulle part, mon ami, répondit-elle. Vous avez eu une petite faiblesse, et c'est fini.

Il la regarda, incrédule. Il venait de faire un grand voyage, en vérité, un voyage aux pays inconnus d'où l'on ne revient pas ; seulement, il s'était arrêté sur la rive, avant d'y aborder.

– C'est fini, répéta le baron, comme un enfant docile. Mais, dites-moi où je suis allé. C'était loin... loin... oh ! si loin...

Un autre frisson, celui de l'invisible, passa sur Mme de Grandpré, et elle eut profondément honte de ce qu'elle avait ressenti tout à l'heure.

– N'y pensez pas, mon ami, fit-elle. – L'appellation affectueuse était montée à ses lèvres, naturellement, comme autrefois. – Ce ne sera rien : un éblouissement...

Le baron fit un mouvement et regarda plus attentivement sa femme. Son esprit, mal réveillé d'un engourdissement semblable à la mort, n'avait pas encore retrouvé la notion du temps et de l'espace. Entre l'heure présente et celle qui l'avait précédée, il s'en fallait de si peu pour que pour lui n'eût passé l'éternité !

– C'est vous, Marthe ? dit-il avec une légère expression de doute. – La Marthe qu'il voyait ne ressemblait plus guère à la Marthe d'autrefois. – C'est vous ? Où donc avez-vous été si longtemps ? Ou bien est-ce moi qui ai fait une longue absence ? Oh ! Marthe, c'est bien vous, dites ? Je suis content de vous avoir retrouvée. Vous ne me quitterez plus, n'est-ce pas ?

Il avait pris très doucement une des mains de sa femme, et la gardait dans la sienne, sans la serrer ; il ferma les yeux et se recueillit. Elle n'osait parler.

– Où sommes-nous, à Paris ou à la Vernerie ? Je ne reconnais pas bien...

– À Paris, dit la baronne d'une voix à dessein étouffée.

– Ah ! fit-il, se laissant retomber d'un air de fatigue.

Le domestique rentrait avec de la glace ; Mme de Grandpré fit des compresses, en mit aux tempes et aux poignets de son mari, puis s'assit auprès du lit pendant qu'il semblait sommeiller. Soudain, elle fit un brusque mouvement.

– M. Paul ? demanda-t-elle au valet de chambre, d'une voix très basse, mais impérieuse.

– Monsieur n'est pas rentré, murmura l'homme avec quelque confusion.

Mme de Grandpré se renfonça dans son fauteuil, d'un geste plein d'amertume et d'orgueil. Si son fils n'était pas là, – où il eût dû être, – elle le remplaçait. Une sorte d'étrange contentement lui vint à la pensée qu'elle veillait auprès de celui que Paul lui préférait si incommensurablement.

Après une heure d'anxieuse attente, le médecin arriva. M. de Grandpré, sorti de son sommeil un peu lourd, avait recouvré toute la mémoire. Il expliqua qu'il s'était senti mal toute la journée, depuis plusieurs jours même ; les devoirs de sa situation l'avaient contraint de dissimuler son malaise ; mais, resté seul, il avait senti la gêne de sa respiration s'augmenter de plus en plus ; à la fin, il avait eu la force, se sentant, à ce qu'il croyait, mourir, de tirer sur le cordon de sa sonnette, puis il s'était évanoui.

Le médecin, qui le connaissait bien, et depuis longtemps, le palpa, l'ausculta, l'interrogea, et finit par lui dire qu'il avait subi un accident sans conséquence, dont le retour n'était pas à craindre pour le moment. Il écrivit une prescription, et prit congé de son malade.

Dans le salon, éclairé par une seule lampe, qu'il traversait pour se retirer, il vit tout à coup surgir la baronne, qui l'attendait, assise au bord d'un fauteuil.

Ce docteur était un honnête homme, peu au courant de la vie mondaine. Simple médecin de quartier, appelé jadis pour donner des soins à un domestique, il s'était peu à peu gagné la confiance et l'estime de M. de Grandpré. Il ignorait le drame qui avait séparé les époux, et savait seulement qu'après une longue absence la baronne était rentrée au domicile conjugal.

– Docteur, dit-elle, je voudrais savoir ce que vous pensez de M. de Grandpré...

– Son fils n'est pas là ? demanda le vieux praticien.

– Non...

Elle cherchait une excuse sans la trouver ; le médecin la regarda avec attention.

– Vous avez l'air d'une personne énergique, madame, dit-il ; M. Paul de Grandpré connaît l'état de son père, et je pense qu'il a voulu vous ménager jusqu'à présent ; mais le mal de M. le baron est très grave, et, puisque vous êtes seule auprès de lui...

– Ma fille s'est mariée aujourd'hui... hier, veux-je dire, fit Marthe.

– Oui... Eh bien, madame, je pense qu'il faut que vous sachiez ce que monsieur votre fils connaît depuis longtemps. Votre mari est très malade ; il a une maladie de cœur, avec des complications... des troubles dans la circulation... Bref, il peut être enlevé dans une crise comme celle qu'il vient d'avoir, de même qu'il peut vivre encore vingt ans si rien de fâcheux ne survient.

– Une maladie de cœur ? répéta Mme de Grandpré. Et la cause ?...

– La cause ? Toujours la même ! C'est la vie, madame, avec les soucis, les chagrins ; tout le monde en a... Votre mari a résisté jusqu'ici... et même avec une énergie peu commune. Maintenant, il est à bout de forces ; il a besoin de grands soins, de ménagements extrêmes... Le mariage de sa fille lui a causé de l'émotion ; à présent, il faut le calme, le bien-être, le repos de l'esprit... le bonheur en un mot.

– Le bonheur ! dit lentement la baronne.

– La paix, si vous voulez, avec autant de joie que peut en comporter la vie en général. À ces conditions, je crois pouvoir vous affirmer que M. le baron peut vivre... Sinon, sa vie est en péril à chaque instant.

Il salua, prêt à se retirer.

– Je vous remercie, monsieur, dit Marthe. Pensez-vous que l'air de la campagne soit favorable ?

– Assurément. Mais, si j'osais me permettre...

Elle l'interrogeait des yeux, il continua :

– Je vous dirais, madame, qu'il ne faut plus le quitter. Son fils est absent ce soir... un jeune homme, cela peut arriver ; mais vous... votre mari ne peut pas être confié à des mains mercenaires, même dévouées. Il lui faut plus que cela... et il y va de la vie... Madame, j'ai bien l'honneur de vous saluer.

Il disparut, laissant Marthe troublée jusqu'au fond d'elle-même.

Ne plus quitter son mari ! Renoncer à l'indépendance, renoncer au droit de pleurer librement, de souffrir sans contrainte, – renoncer à elle-même !... Mme de Grandpré tordit silencieusement ses mains brûlantes et les éleva jusqu'à son front avec un geste d'extrême désespoir. Non ! elle n'aurait pas ce courage-là ! S'il fallait mourir pour sauver son mari, elle mourrait à l'instant, dans les tortures, sans hésitation ; mais vivre près de lui, pour lui...

Elle se rappela tout à coup qu'il était seul, et, sur-le-champ, retourna près de lui.

L'aube était venue ; par la fenêtre entrouverte, on voyait le délicieux paysage citadin, unique au monde, qu'offre la Seine devant le Louvre ; les peupliers frissonnaient légèrement au souffle du vent matinal, les hirondelles volaient autour des maisons, et le mouvement de l'eau envoyait des reflets changeants d'ombre et de lumière au plafond de la chambre, encore à demi obscure. C'était une heure exquise, dans une journée merveilleuse.

– Vous êtes encore là, Marthe ? dit la voix faible, mais distincte, du baron. Vous avez été debout toute la nuit ? Je vous en demande pardon... et je vous remercie.

– C'est tout naturel, répondit-elle, en rangeant à droite et à gauche, par habitude de femme, les objets épars sur les meubles. Voulez-vous dormir ?

– Non, je veux de la lumière. Mais vous, allez vous reposer, vous devez en avoir grand besoin.

– Non, merci. Je ne suis pas fatiguée.

Ils restèrent un instant silencieux. Le reflet de l'eau, dorée par le soleil levé, dansait au plafond, comme des flammes d'or verdâtre.

– Paul ? demanda le père. Elle hésita.

– Pas rentré ? cela m'étonne... Pourtant... Il poussa un soupir et ferma les yeux.

– Enfin ! dit-il après un moment. Il faut que jeunesse se passe. Quel jour sommes-nous ?

– Mercredi.

– C'est hier seulement que Gilberte s'est mariée ? Il me semble qu'il y a si longtemps ! Marthe, je vous en supplie, allez vous reposer.

Je me sens très bien ; je me lèverai dans un moment. Alors, vous voulez vous en aller ?... Quand partez-vous ?

Mme de Grandpré le regardait, avec une compassion sans bornes. Qu'il était faible et fragile ! Et le moindre chagrin pouvait le tuer ! Aurait-elle encore cela sur la conscience ? Il attendait sa réponse d'un air à la fois anxieux et résigné.

– Si vous le désirez, monsieur, dit-elle lentement, comme malgré elle et poussée par une force occulte, je pourrais aller d'abord vous installer à la Vernerie...

– Oui ? Vous y consentiriez ? fit-il avec une vivacité singulière, qui tomba soudainement. Je suis donc bien malade, dites ? reprit-il d'une voix grave, mais sans émotion. Je suis condamné ? Sans cela vous ne voudriez pas ?

Elle fit vers lui un mouvement instinctif, et s'arrêta au bord du lit.

– Non, je vous l'affirme, dit-elle, vous n'êtes point en danger, le docteur vient de me le dire ; mais il m'a dit en même temps que vous avez besoin de soins... Si vous le voulez, je vous installerai à la Vernerie.

– C'est très bien de votre part, répondit le baron avec une certaine mélancolie. J'accepte avec reconnaissance.

Il eût désiré lui exprimer son sentiment d'une façon moins banale ; mais, entre ces deux êtres désunis, toute parole pouvait être mal comprise ; à cette heure d'apaisement, où ils éprouvaient le plus grand besoin d'une entente, ils en étaient réduits à de simples formules de politesse.

Chapitre XIV

Voyant son mari très calme, Mme de Grandpré se retira chez elle, mais non pour s'y reposer, car elle était dans un état d'inquiétude nerveuse qui lui refusait même la possibilité de rester immobile. L'absence de son fils, inexplicable, inexcusable, devenait en se prolongeant une nouvelle cause d'angoisse.

Elle ne pouvait l'attribuer à quelque folie de jeunesse ; l'attitude irréprochable de Paul à cet égard ne permettait aucune supposition de ce genre. Un service à rendre à un ami, un de ces services qu'on ne peut refuser, affaire d'amour ou d'honneur ?... La vie matinale battait son plein sur les quais et sur la Seine : camions, voitures, omnibus, circulaient en tous sens : les remorqueurs lançaient de temps à autre leur sifflet strident, les mille bruits de la ville et du fleuve s'entrecroisaient dans l'air tiède de juin. Mme de Grandpré marchait à pas lents dans sa chambre, s'arrêtant à sa fenêtre chaque fois qu'elle s'en approchait, cherchant des yeux la silhouette de son fils parmi celles qui cheminaient sur le pont du Carrousel. Que n'eût-elle pas donné pour le voir apparaître au milieu des passants ! Son agitation s'augmentait de toutes les émotions de la nuit écoulée, et, à mesure que le soleil montait plus haut dans le ciel doré, elle se sentait plus désespérément inquiète.

Soudain, elle se rappela comment, bien des années auparavant, après que Paul avait tiré sur M. de Tinsay, lorsque par hasard elle n'avait pas pu l'accompagner, elle attendait le retour de son amant, aussi tourmentée, aussi pleine d'angoisses sans nom... La similitude des émotions lui fit jeter un cri d'horreur, involontaire, aussitôt étouffé.

Oui, elle avait attendu son amant comme elle attendait maintenant son fils, parce que le cœur humain ne fait vibrer qu'un petit nombre de cordes sous la multitude de ses passions, et que la peur, la colère, la tendresse, quelles que puissent en être les causes, se manifestent par les mêmes cris, les mêmes mouvements, souvent les mêmes paroles.

N'était-ce pas horrible, vraiment, que le souvenir d'angoisses illégitimes vînt la poursuivre au milieu de ses craintes maternelles ? Elle s'arracha violemment à la fenêtre, se jeta dans un fauteuil, tournant le dos à la pendule, ferma les yeux, mit les deux mains sur ses oreilles et cria : Je ne veux pas, je ne veux pas me souvenir !

Elle resta ainsi terrassée pendant un temps qu'elle ne put mesurer. Les bruits lui arrivaient moins distincts, ses idées étaient plus confuses : en cherchant le néant de la pensée, elle était tombée dans une sorte de torpeur qui ressemblait au sommeil.

On frappa à sa porte. Sur-le-champ elle fut debout, prête pour la lutte, car, désormais, toutes les fois qu'on l'appellerait, elle aurait à lutter contre quelque chose, ou contre elle-même.

Marsac était au salon et demandait à être reçu.

Pensant qu'il venait s'excuser de n'avoir pu venir la veille, elle regarda la pendule, vit qu'il était dix heures seulement, et s'étonna de cette visite matinale. Pourtant, une sorte de pressentiment la poursuivait, mais elle l'écarta résolument. Quel rapport pouvait-il y avoir entre son fils et cette visite de Marsac ? Ils n'étaient pas liés et ne se voyaient que chez elle.

Rapidement, elle fit un peu de toilette et se rendit au salon.

Sur le visage de son ami, elle lut la vérité ; sa pensée alla même au-delà de la réalité.

– Paul est mort ! dit-elle à voix basse en s'arrêtant soudain, sans prendre les mains qu'il lui tendait.

– Non, blessé seulement, répondit-il de même, en la saisissant par les poignets pour la faire asseoir sur le premier siège à portée.

Elle demeura immobile, le regardant avec une intensité effrayante.

– Votre parole d'honneur ? fit-elle avec effort.

– Ma parole d'honneur. Il est blessé, pas très grièvement.

– Dites la vérité, il mourra ?

– Non. Les médecins affirment qu'il vivra.

– Où est-il ?

– Chez un ami. On ne peut pas le transporter, aujourd'hui du moins.

Elle fit un mouvement pour se lever ; Marsac l'arrêta.

– Non, restez.

– Je veux le voir, fit-elle d'une voix brisée, comme un enfant qui va pleurer.

– Cela ne se peut pas, répondit doucement le confident de toutes ses peines.

– Mais moi... sa mère ?

Marsac garda le silence. Elle se redressa.

– Il ne veut pas ? dites, c'est cela ?

Il inclina la tête. Elle respira longuement avec effort, puis parut très calme, tout à coup.

– C'est bien, dit-elle. Il ne veut pas. Soit. Il s'est battu ?

– Oui.

– Pour une femme ?

Il hésita. Après tout, serait-ce très mal, au moyen d'un subterfuge, que de laisser ignorer à la malheureuse ce qui devait la frapper si cruellement ? Mais Mme de Grandpré avait l'esprit trop vif et trop clair pour ne pas comprendre cette hésitation, si brève qu'elle eût pu être. Elle se pencha vers lui, et, tout bas, les yeux dilatés par une horreur sans nom :

– Marsac, dit-elle, c'est pour moi qu'il s'est battu.

– Je vous assure, commença-t-il...

Elle l'interrompit.

– Ne me traitez pas comme une petite fille ; j'ai tout souffert, je puis tout entendre. Il s'est battu pour sa mère... C'est bien... mon brave enfant !

Elle avait les yeux secs, brillants de fièvre.

– Avec qui ? reprit-elle.

– Un certain M. de Villebois. Il le connaissait à peine ; je crois qu'ils ne s'étaient vus qu'une fois...

– Quel prétexte ? Un propos ?

– Oui ; un propos ridicule, tenu hier, à la sortie de l'église. Cet homme est un ami, ou un parent, je ne sais lequel, de la famille d'Égrigné.

– Ah ! fit Mme de Grandpré avec un dédain profond, c'est leur cadeau de noces ! Ils ne l'ont pas fait attendre ! Mais Paul, dites-moi, comment va-t-il ? où est sa blessure ?

Quoiqu'il la connût bien, Marsac ne put s'empêcher d'être étonné de son calme : il crut alors pouvoir lui raconter ce qui s'était passé, lui cachant seulement les détails sans intérêt qui étaient de nature à lui causer une peine inutile.

La veille, dès le matin, l'humeur de Paul n'était pas des plus conciliantes, car il n'avait cessé de considérer le mariage de sa sœur comme un coup de tête regrettable ; tout en respectant les convenances, il avait gardé une attitude très froide vis-à-vis de la famille de son futur beau-frère, et n'avait pas cherché à la connaître plus particulièrement.

Quel que fût son sentiment, le jeune homme avait, d'ailleurs, montré une tenue tout à fait correcte pendant la cérémonie du mariage. Au moment où les nouveaux époux montaient en voiture, il se trouva retenu à quelques pas de là par la foule, et entendit un propos extrêmement blessant pour sa mère et aussi pour son père. En se retournant soudain, il surprit les derniers mots de la phrase sur les lèvres de M. de Villebois, qu'il reconnut sur-le-champ.

Se dégageant sans affectation, il s'approcha de lui, le prit un peu à l'écart et lui demanda s'il maintenait ses paroles. Villebois était un sot prétentieux et un homme sans bonté de cœur, mais ce n'était pas un lâche. Il refusa de se démentir, « avec une obstination assez difficile à expliquer », ajouta Marsac, et Paul le provoqua.

Tout ceci s'était passé sans attirer l'attention ; les paroles avaient été échangées à voix basse, et Paul, regagnant aussitôt son poste de garçon d'honneur, avait rempli chez ses parents les fonctions de son emploi. Mais après le départ du dernier invité, il s'était aussitôt occupé de se procurer des témoins. Dîner avec M. et Mme de Grandpré lui avait paru, en de telles circonstances, absolument impossible, et il s'était fait excuser ; afin d'éviter toute question, tout commentaire, il avait passé la nuit chez un ami, et le duel avait eu lieu au lever du jour, dans la propriété d'un de ses camarades, à Meudon.

Villebois était très dangereusement blessé ; on l'avait même cru mort, mais il paraissait pouvoir en revenir. Paul avait reçu un coup d'épée au côté droit de la poitrine ; le poumon n'était pas perforé ; et, s'il ne survenait aucune complication, son rétablissement ne se ferait pas attendre longtemps.

La baronne avait écouté ce récit sans manifester d'émotion. Quand Marsac eut cessé de parler, elle leva sur lui ses beaux yeux sombres, et il fut ému de tout ce qu'il y put lire.

– Comment se fait-il, dit-elle, que ce soit vous qui m'apportiez ces nouvelles ?

– Paul m'avait fait prévenir hier au soir qu'il comptait sur moi pour remplir cet office auprès de son père.

– Et pour moi, il ne vous avait rien dit ? fit la malheureuse mère. Non... ne mentez pas, Marsac ! Rien ? C'est naturel. Toute sa conduite est naturelle... mais elle n'est pas généreuse... Oh ! Dieu !

Ce fut comme un sanglot arraché de ses entrailles, puis elle se tut et réfléchit.

– Que vais-je dire à son père ? fit-elle tout à coup. Cela va le tuer !

– Il est donc sérieusement malade ? demanda Marsac comme réveillé en sursaut. Vos gens m'ont dit que le baron avait été très souffrant cette nuit, mais je croyais à une simple indisposition.

Mme de Grandpré lui raconta l'alarme de la nuit précédente. L'état de son mari rendait la situation beaucoup plus grave ; il ne pouvait pas être question de lui révéler rien de ce qui concernait Paul. Après de longues hésitations, ils convinrent d'une fable assez vraisemblable pour être acceptée du malade, surtout dans l'état de fatigue où il était resté. On lui dirait que le jeune homme avait été subitement envoyé par ses chefs en mission de confiance ; deux ou trois jours après, si Paul, comme c'était à craindre, ne pouvait écrire, on raconterait à son père qu'il s'était foulé le poignet ; on inventerait au besoin des lettres écrites sous sa dictée...

– La moindre émotion peut le tuer, pensez-y, dit la baronne en regardant Marsac avec des yeux où le remords commençait à poindre.

– Autrefois, avait-il annoncé quelque tendance à une maladie de ce genre ? demanda-t-il.

– Jamais ! C'était l'homme le plus solide, avec la plus belle constitution... Est-ce vrai, Marsac, que ce sont les chagrins qui donnent les maladies du cœur ? On le dit, mais est-ce bien possible ? Si cela était, alors, moi... et je n'ai rien de pareil.

Elle posa sur son cœur sa main brûlante de fièvre et secoua la tête avec tristesse.

– Cela dépend des tempéraments, répondit évasivement Marsac.

– Parce que, voyez-vous, si c'était le chagrin qui a attaqué la santé de M. de Grandpré, j'aurais sur moi une responsabilité terrible... terrible...

– Ne pensez pas à cela, fit Marsac d'un ton persuasif. Vous avez assez de soucis réels sans vous en forger d'imaginaires. Comment empêcherez-vous le baron d'apprendre le duel de Paul ?

– En ne le quittant plus. J'ai compris cette nuit que ma présence ne lui déplaît pas... Il avait l'air content de me voir près de lui.

– Ne vous l'avais-je pas dit ?

– Il s'est passé quelque chose de bien singulier, reprit Mme de Grandpré ; lorsque je l'ai vu sur l'oreiller, presque mort... j'ai été bien aise qu'il m'eût fait revenir ici. Qui m'eût dit que j'éprouverais jamais du contentement à ce sujet ? Je suis rentrée bien à contrecœur et uniquement pour Gilberte... Il se trouve maintenant que ma présence n'a fait aucun bien à ma fille...

– Ne dites pas cela, interrompit Marsac.

– Si, parce que c'est la vérité. Et moi, j'ai perdu le cœur de cette enfant. Il me semblait autrefois que si j'apprenais la mort de M. de Grandpré, mon impression serait plutôt celle du soulagement, et maintenant, je crois que je n'aurai pas assez de toutes mes forces pour l'empêcher de s'en aller de ce monde... Il sera bien soigné, je vous assure.

– Et vous, dit le confident, ému par la simplicité de ces paroles, qui va vous soigner ? Vous êtes défaite, et vous ne vous tenez pas debout.

– Moi ? Oh ! j'irai très bien, ne vous inquiétez pas de moi !

– Mais si le baron est assez bien portant pour sortir, vous l'accompagnerez donc partout ?

– Partout, je le surveillerai...

Elle s'arrêta brusquement, et Marsac lut sur son visage la pensée qu'il avait eue lui-même. Elle le surveillerait pour le défendre des émotions, comme elle avait jadis surveillé M. de Tinsay, afin qu'il ne fût pas tué par Paul.

– N'est-ce pas épouvantable, dit-elle à voix basse, qu'il me faille recommencer ma vie dans un autre but ? Vous avez compris... je l'ai vu. Ah ! Marsac, le passé se venge !

– N'y songez pas ! fit-il vivement. Vivez au jour le jour, c'est la grande ressource, la ressource dernière de ceux qui ont trop souffert, et qui craignent d'avoir à souffrir encore. Partez sur-le-champ avec M. de Grandpré pour la Vernerie ; là, il courra moins de dangers d'apprendre la vérité, et Paul, rétabli, ira vous y rejoindre...

– Vous avez raison, répondit la baronne. Vous verrez mon fils aujourd'hui ?

– Certainement.

– A-t-il toute sa connaissance ? Est-il en état de vous entendre ?

– Quand je l'ai quitté, oui. Maintenant, je ne sais trop. Il se pourrait que la fièvre vînt, assez forte ; ce serait l'affaire de quelques heures, je pense...

Mme de Grandpré resta silencieuse, les yeux baissés. Elle souffrait intolérablement sous son masque d'impassibilité. Tout à coup, un cri lui échappa, et elle se jeta au-devant de Marsac, dont elle prit les mains.

– Marsac, quand il pourra vous comprendre, dites-lui, oui, dites-lui qu'il doit être content s'il a voulu me punir, car il m'a vaincue, humiliée, brisée devant lui. Il faut qu'il me pardonne, dites-le-lui ; c'est impie à un fils de tenir rigueur au sein qui l'a nourri, aux entrailles qui l'ont porté. J'ai mal fait, je le reconnais, j'en demande pardon à Dieu et aux hommes, à lui, Marsac, dites-lui que je lui demande pardon. Mais il faut qu'il m'écoute, qu'il m'exauce. Pensez donc, il aurait pu mourir sans m'avoir pardonné, et alors, moi, que voulez-vous que je devienne ?

Elle s'abattit comme un épi fauché ; il la reçut dans ses bras et la déposa sur un canapé. Elle suffoquait, étouffée par les larmes qui ne pouvaient se faire jour ; Marsac eut grand-peur de la voir mourir là, avant qu'il pût appeler du secours. Il n'osait la quitter pendant qu'elle luttait pour reprendre sa respiration ; enfin des larmes filtrèrent sous ses paupières fermées, et tout son corps fut secoué par les sanglots.

Il resta agenouillé près d'elle, lui tenant les mains et lui disant : Pleurez.

Elle pleura longtemps, amèrement ; quand la source de ses larmes parut tarie, elle était de temps à autre encore secouée par un long frisson qui ramenait les pleurs. Elle avait refusé tout secours, serrant convulsivement la main du seul ami, témoin de sa défaite. Enfin, elle revint au sentiment de la réalité.

– Personne ne m'a jamais vue ainsi, dit-elle, et Dieu sait combien de nuits j'ai passées de la sorte, depuis vingt ans ! Il faut que je sois de fer, mon ami, pour avoir résisté à de pareilles secousses. Vous répéterez à mon fils ce que je vous ai dit : il doit me pardonner le mal que j'ai fait à son père, car son père m'a pardonné, je le sens. Cette nuit, j'ai vu qu'il m'avait pardonné.

– Il y a longtemps ! murmura Marsac.

– Que mon fils le sache ; qu'il comprenne sa cruauté ; on est cruel quand on est jeune... Oui, on est cruel, je ne le sais que trop.. Je l'ai été, moi... Mais qu'il ne souffre pas ce que j'endure... Dites-lui, pour l'amour de lui-même, qu'il s'épargne les supplices que je subis, qu'il vive sans remords... car enfin, si je venais à mourir, moi aussi ? Si je mourais sans qu'il m'eût embrassée ? Ah ! mon malheureux enfant, il me fera souhaiter de vivre, s'il ne veut pas m'entendre !

Ce cri d'angoisse fut le dernier. Mme de Grandpré se leva, s'assura que ses cheveux et son ajustement étaient remis en ordre, et reprit son grand air de dignité. Marsac avait peine à croire que, moins d'une heure auparavant, il l'avait vue écrasée sous le poids de sa douleur.

– Vous m'apporterez de ses nouvelles, dit-elle en le reconduisant jusqu'à la porte du salon. Et s'il consentait à me voir... Vous me connaissez, vous savez que je lui épargnerais toute émotion inutile. À bientôt.

Elle rentra chez elle, fit une toilette complète et reprit son visage de chaque jour.

Chapitre XV

M. de Grandpré sembla se remettre promptement du choc qu'il avait subi, mais son rétablissement ne fut qu'une apparence ; le médecin qui le vit avant son départ pour la campagne dit à la baronne que, la constitution du malade l'ayant sauvé d'une catastrophe immédiate, le danger était écarté, mais non conjuré, comme il l'avait cru d'abord. Les troubles étaient plus profonds qu'il ne l'avait supposé, les lésions plus graves ; bref, la convalescence serait très longue et toujours exposée à de fâcheuses rechutes.

Mme de Grandpré reçut cette annonce sans sourciller : tout ce qu'elle demandait au ciel maintenant, c'était que son mari vécût assez longtemps pour qu'elle pût lui faire comprendre les sentiments qui l'avaient transformée.

Rien n'était plus malaisé. Le baron, dont les démarches en ce sens avaient été reçues si froidement, n'osait plus indiquer de désir d'explications, et sa femme, non par orgueil, mais par crainte de lui causer une émotion fatale, ne se sentait pas le courage d'aborder ces questions brûlantes. Tous deux séparément s'en remirent à l'avenir ; et comme l'avait conseillé Marsac, la baronne vécut au jour le jour.

Ce qui lui coûtait le plus, c'était de dissimuler à son mari la maladie de leur fils. Cette femme, qui n'avait jamais menti, se voyait réduite à inventer des prétextes, à forger des raisonnements, à invoquer des antécédents imaginaires pour expliquer la mission dont Paul avait été soi-disant chargé. La foulure du poignet parut plausible au baron, mais l'absence l'était moins. Que pouvait faire le ministre d'un envoyé estropié, incapable d'écrire un rapport confidentiel ou même simplement de prendre des notes ? M. de Grandpré témoigna durant deux jours à ce sujet une agitation dont sa femme fut alarmée, puis soudain cessa d'en paraître préoccupé. Une légère crise avait suivi son inquiétude ; quand il en sortit, il sembla tranquille, et même il évita de demander de nouvelles explications.

Le jeune homme, après avoir passé par de dangereuses alternatives, avait fini par entrer en bonne voie de guérison ; mais trois semaines s'étaient pourtant écoulées avant qu'il pût sortir. Pendant ce laps de temps, Marsac s'était fait le messager quotidien entre Meudon et la Vernerie, soit par lettres, soit personnellement. Il avait eu presque autant de peine à cacher au blessé la maladie de son père, qu'au père l'état de son fils. Enfin, plus d'un mois après le mariage de Gilberte, Paul, rétabli, put songer à se rendre auprès du baron.

Marsac avait gagné près de lui une place toute particulière. Autrefois, le jeune homme ne l'aimait point. Il l'accusait secrètement de partialité pour sa mère, et la façon presque enthousiaste dont le voyageur s'exprimait à l'égard de Mme de Grandpré avait peut-être éveillé chez le fils quelque susceptibilité maladive.

Au moment de son duel, Paul ne l'avait pas volontiers choisi pour envoyé, mais la réflexion lui avait démontré que Marsac, de tous les hommes qu'il connaissait, était le seul qui pût être chargé de cette mission de confiance.

La façon dont il s'en était acquitté, le tact et la prudence qu'il avait apportés dans ses communications, modifièrent complètement les sentiments du jeune blessé. En causant plus intimement avec lui, il put se convaincre de la profonde estime, de l'affection véritable que Marsac portait au baron, et cette découverte lui causa un plaisir infini.

Le confident s'était bien gardé de reporter trop tôt le message suprême de Mme de Grandpré ; il avait attendu que la convalescence bien établie n'exposât plus le jeune homme à aucun accident, avant de prononcer même le nom de sa mère. La répugnance visible avec laquelle Paul l'écoutait en silence n'arrêta pas Marsac, mais lui fit comprendre qu'il devait s'avancer très lentement.

Rarement et peu à la fois il parla de la malheureuse femme, et toujours avec une réserve dont son fils apprécia la délicatesse ; au moment où le jeune homme pensait sérieusement à quitter Meudon, son ami aborda franchement la question.

– Votre mère a beaucoup souffert, lui dit-il : la cause de votre duel en elle-même, et les conséquences qui l'ont suivi, lui ont porté une blessure très profonde : vous êtes guéri, et elle ne l'est pas. Ne pensez-vous point qu'un peu de tendresse de votre part...

Paul ne le laissa pas achever.

– J'y ai songé, dit-il, et longuement, pendant mes heures de repos forcé ; je crois que vous avez raison... en partie, au moins. Ne fût-ce que pour mon père, à présent que ma sœur nous a si fâcheusement quittés, je dois apporter un peu d'intimité dans la vie de famille. Mais je suis encore bien neuf à de tels sentiments, et bien faible pour commander à mon apparence. Je préférerais de beaucoup ne pas supporter une pareille épreuve en ce moment.

Marsac comprit que le fond n'était point changé ; l'orgueil du fils était-il plus fort que son sentiment du devoir, ou bien, réellement, Paul était-il trop faible pour lutter avec ses émotions ? Il accepta de porter à Mme de Grandpré une proposition dont il prendrait l'initiative. Le jeune homme irait à la Vernerie passer quelques jours avec son père, avant l'expiration de son congé de convalescence, et, pendant ce temps, la baronne pourrait aller visiter ses propriétés, négligées depuis l'été précédent.

– Mon pauvre père ! dit Paul, que Marsac avait mis au courant de l'état du baron, il sera bien heureux de rester un peu de temps seul avec moi ; il a toujours aimé cela ; en lui parlant de ma mère avec moins de réserve, je lui ferai comprendre que nous vivrons en meilleure harmonie, et il en sera content d'avance.

– La présence de Mme de Grandpré ne serait pas un obstacle à votre affection, fit observer Marsac.

– C'est possible ; mais j'ai à causer avec mon père de choses qui me concernent particulièrement, et je désire le faire en toute liberté.

Marsac n'insista plus. C'était déjà une grande satisfaction pour lui que de porter à Mme de Grandpré l'espoir d'un avenir de paix et de pardon, et suivant ses maximes ordinaires de patiente philosophie, ayant obtenu quelque chose, il se garda bien de tout perdre en demandant davantage.

La baronne accepta avec une joie profonde l'assurance qu'il lui donnait, et après avoir tout préparé pour que le père et le fils eussent ensemble l'existence la plus agréable qui se pût imaginer, elle partit pour ses terres, le cœur plus apaisé qu'elle ne l'avait eu de longtemps.

Chapitre XVI

Paul de Grandpré n'était pas sans inquiétude au sujet de son apparence extérieure, en se rendant près de son père. Il avait eu soin de choisir pour son arrivée un train du soir, qui lui permît de ne se faire voir qu'aux lumières, et aussi de prétexter la fatigue pour abréger l'entrevue. Quoique assez complètement rétabli pour supporter un examen superficiel, il se sentait encore bien pâle et bien maigre ; mais cela pouvait être mis sur le compte de la mission fatigante qu'il était supposé avoir remplie.

Son père, malgré l'heure avancée, l'attendait sur le perron. Lui aussi avait beaucoup changé depuis le mariage de Gilberte. Ses cheveux grisonnants étaient devenus d'un blanc d'argent, et les traits de son visage s'étaient affinés jusqu'à l'extrême pureté.

En voyant son fils, il fit un mouvement pour lui tendre les bras ; mais il se retint, et se contenta de l'embrasser avec une affection dont les effusions rares étaient particulièrement précieuses ; puis il l'emmena dans la salle à manger, et lui fit servir un souper que le jeune homme effleura à peine. Pendant les allées et venues des domestiques, ils échangèrent peu de paroles, et presque pas de regards. Malgré leur joie évidente de se trouver réunis, ils éprouvaient vis-à-vis l'un de l'autre la gêne de ceux qui se cachent des secrets.

Lorsque le repas fut achevé, M. de Grandpré conduisit son fils dans la chambre qui avait été préparée près de la sienne au rez-de-chaussée, et le fit asseoir dans un grand fauteuil, prenant lui-même une chaise qu'il approcha tout contre.

– Mais, mon père, protesta Paul, vous me gâtez abominablement !

Sans répondre, le baron se pencha vers lui, et, avec une prudence, une délicatesse toutes féminines, posa un doigt sur le côté droit de sa poitrine.

– Est-ce là ? dit-il à voix basse, en regardant son fils avec des yeux où rayonnait la plus noble, la plus chaleureuse tendresse, mélange indéfinissable de pitié et de fierté.

– Mon père ! s'écria Paul avec un sursaut violent.

– Prends bien garde, ne remue pas... Mon brave enfant ! fit le père d'une voix étouffée.

Ils s'étaient pris les mains d'une étreinte passionnée.

Le jeune homme effrayé n'osait rompre le silence.

– J'ai peur de te faire mal, dit M. de Grandpré en desserrant doucement les doigts. Es-tu tout à fait guéri ?

– Je me porte très bien ; un peu de fatigue seulement, répondit Paul, espérant avoir mal compris et voulant encore dissimuler. Mon poignet droit...

– Tais-toi, dit le père. Je n'ai pas cru un moment à cette fable. Ta mère et Marsac ont été admirables. Je n'ai pas voulu les détromper de peur de leur donner de l'inquiétude ; mais le troisième jour, je savais tout.

– Comment ?

– Par mon valet de chambre. J'ai eu bien de la peine à le lui arracher ! Mais j'ai eu de tes nouvelles tous les jours. Mon pauvre garçon ! Mon brave garçon ! As-tu beaucoup souffert ?

– Non, fit Paul en détournant la tête. Ne parlons pas de cela, je vous en prie !

– Je ne te parlerai pas d'autre chose ! C'est pour nous que tu t'es battu, pour ton père et pour ta mère, pour l'honneur de la maison !

– Mon père, je vous en conjure...

– Pour l'honneur de la maison ! continua M. de Grandpré. Tu as bien fait !

– Qui vous a dit cela ? Pas votre domestique, toujours !

– Personne ne me l'a dit. Es-tu homme à te battre pour une femme, ou pour une sotte querelle ? Et puis, Marsac avait un air radieux en parlant de toi : ce n'était pas difficile à comprendre ! Et moi, qui ai été si près de mourir... j'aurais pu m'en aller de ce monde sans t'avoir remercié...

– Mon père, par grâce, pas un mot de plus !

– Laisse-moi parler, mon fils. Cet événement n'a rien d'imprévu pour moi ; il y a bien des années que j'y étais préparé... Seulement, c'était pour mon propre compte. Aujourd'hui, vieilli, je trouve naturel que tu aies pris ma place... Mais, vois-tu, Paul, si tu avais été tué...

Le baron baissa les yeux, comme s'il regardait au fond de lui-même, puis les releva sur le beau visage amaigri de son fils.

– Et ton adversaire ?

– On l'a cru perdu, il est guéri. Il a été moins malade que moi ! Ces chances-là n'arrivent qu'aux imbéciles.

Le visage de M. de Grandpré s'était assombri.

– Paul, dit-il, je dois savoir quelle était l'offense qui a failli me coûter mon fils !

– C'était peu de chose en soi, mon père, je vous le jure ! Je ne voudrais pas vous tromper en une cause aussi grave, et vous pouvez me croire. Mais j'étais aigri, excité... Ce mariage de Gilberte me causait plus de déplaisir que je ne saurais vous l'exprimer... et le personnage m'était déjà antipathique par lui-même.

– Tu le connaissais ?

– Je l'avais vu une fois ou deux... J'ai peut-être manqué de patience, mon père, mais...

– À ta place, j'aurais agi de même ; tu as bien fait, mon fils, je te le répète. Et, maintenant, tu vas dormir. Tu seras bien soigné, c'est moi qui m'en charge !

– Et moi qui étais venu pour vous gâter ! fit Paul.

– Pensais-tu pouvoir me tromper, avec ta mission et ta foulure ? Crois-tu sérieusement que tu aurais pu m'inventer des mensonges raisonnables pendant une heure seulement ? Allons, dors, mon bon garçon, mon brave enfant !

La porte entre leurs deux chambres resta ouverte, et plus d'une fois pendant la nuit M. de Grandpré vint écouter la respiration du jeune homme endormi, comme au temps de son adolescence.

Le lendemain fut une de ces journées merveilleuses où flotte dans l'air une douceur divine. Les deux convalescents, appuyés l'un sur l'autre, prenaient un plaisir extrême à marcher lentement dans les allées du parterre, sous le soleil ardent qui réchauffait leur sang appauvri ; ils tournaient autour des plates-bandes bordées de buis où les grands lis dressaient leurs quenouilles de satin, où les fleurs dessinaient une mosaïque éblouissante et parfumée. Tout leur était sujet de joie et d'étonnement ; ce renouveau de leurs vies, consacré par l'épreuve que venait de traverser le jeune homme, donnait à toutes choses une saveur particulièrement délicieuse.

D'un commun accord, ils évitaient les sujets qui eussent pu troubler cette paix incomparablement précieuse ; le mariage de Gilberte, sa nouvelle famille, le duel étaient également rejetés dans l'oubli ; le père et le fils, heureux d'être ensemble, sentaient que pour le temps présent leur seul devoir urgent était de vivre, et ils vivaient avec une complète plénitude de jouissances matérielles et morales.

La chaleur les contraignit pourtant à rentrer au château ; le déjeuner fut encore une fête. La couleur des vieux vins, dont ils savouraient l'arôme plus que la force ; l'eau riante dans le cristal des carafes, les fruits veloutés, duvetés, éclatants sur la verdure des corbeilles, le brillant de l'argenterie, la blancheur du linge, ajoutaient au plaisir de se sentir renaître tout ce que les sens délicats des heureux de ce monde peuvent percevoir d'exquis. Ils allèrent s'asseoir ensuite sous la véranda ombragée où la fraîcheur des feuillages leur assurait le repos pendant les heures brûlantes. C'est là que le jeune homme se fit raconter par son père la crise douloureuse par laquelle le baron avait passé, et dont on lui avait caché la gravité, même lorsqu'on avait fini par lui en révéler l'existence.

– Tu vois, fit le baron en terminant, nous avons été frappés presque au même moment, et nous voici, reprenant ensemble goût à l'existence.

– J'étais plus heureux que vous, dit Paul ; je vous croyais bien portant... et vous me saviez en danger... Mon pauvre père, que vous avez dû souffrir !

– Sans ta mère, je serais mort, assurément ! dit le baron très simplement.

Le jeune homme ne répondit pas.

– Mon fils, reprit M. de Grandpré, si tu m'aimes, tu lui témoigneras les sentiments qu'elle mérite : il n'est plus possible, à présent, que tu lui tiennes rigueur.

– Je le sais, mon père. Laissez-moi seulement un peu de temps ; je viens d'être éprouvé, mes nerfs sont encore ébranlés... Je ferai ce que vous désirez ; mais, à votre tour, accordez-moi quelques semaines. Je vous assure que cela vaudra mieux.

– Comme il te plaira, fit le baron avec un demi-soupir.

Paul se leva et fit en silence plusieurs fois le tour de la véranda, puis se tourna vers son père avec une expression nouvelle et charmante, qui surprit celui-ci, car il ne la lui avait jamais vue.

– Mon père, dit-il, avec un sourire câlin de la bouche et des yeux, vous allez être bien étonné, scandalisé peut-être... Je trahis mes vœux ; je manque à tous mes serments ; vous ne devinez pas ? Je voudrais me marier.

– Ah ! s'écria le baron ravi, tu ne pouvais pas me donner de plus grande joie. Dis-moi vite... tu as fait ton choix !

– Mon choix est fait, répondit Paul, de cet air modestement assuré que prennent les amoureux en parlant pour la première fois de la personne aimée.

– Elle se nomme ?

– Hermine de Cérences.

– Cérences ? Il y a donc encore des Cérences ? Je croyais la famille éteinte.

– M. de Cérences est très âgé, il doit avoir quatre-vingts ans. Son fils est mort, Mlle Hermine est son unique petite-fille.

– Bonne famille, excellentes alliances dans le passé. Grande fortune, si je ne me trompe ; mais tu es riche, mon fils, et tu peux prétendre à tout. Et... tu l'aimes ?

– Oui, répondit Paul, se retenant de dire qu'il l'adorait.

– Et... elle ?

Il rougit comme eût pu le faire Hermine elle-même.

– Je crois que je lui plais, dit-il avec un peu d'embarras.

– Quel âge a-t-elle ?

– Je ne sais pas. Elle paraît dix-huit ans ; il se pourrait qu'elle eût deux ou trois années de plus.

– Et tu es agréé ?

– Je ne me serais jamais permis de faire une telle démarche sans vous consulter, mon père, répondit Paul d'un ton grave. Après le désappointement que ma sœur vous a causé, c'est bien le moins que je vous témoigne toute la déférence qui vous est due. Ce n'est pas une consolation, mais c'est peut-être, en quelque sens, une réparation.

M. de Grandpré approuva de la tête. Ce langage et cette conduite étaient pour lui plaire, soucieux qu'il avait toujours été du respect de son fils.

– Et maintenant, que vas-tu faire ?

– J'irai, puisque vous me le permettez, voir M. de Cérences au mois d'octobre, quand il reviendra à Paris, et je lui demanderai la main de sa petite-fille.

– Et, d'ici là, tu ne reverras point Mlle Hermine ?

Paul resta pensif.

– Je ne sais où la trouver, dit-il. Sans cette sotte algarade, j'aurais été prendre congé de sa famille. M. et Mme de Cérences quittent Paris très tard et y reviennent de très bonne heure ; mais nous voici en juillet, ils doivent être partis...

– Tu pourrais essayer de t'en informer, fit judicieusement le baron. J'avoue, mon fils, que j'aimerais à te savoir heureux... Ma santé actuelle est assez bonne, mais, sans vouloir t'effrayer, je dois convenir qu'elle est précaire en général, et je ne jouirai jamais assez longtemps de la vue de ton bonheur !

– Vous avez raison, mon père, et je vous remercie, dit Paul ; d'ici quelques jours, je pourrai aller à Paris, et savoir s'ils ont quitté la ville...

– Vas-y demain ! fit M. de Grandpré avec un sourire demi-tendre, demi-railleur ; faut-il que ce soit moi qui t'enseigne tes devoirs ? Y a-t-il longtemps que tu ne t'es fait voir dans cette maison ?

– Pas depuis l'annonce du mariage de ma sœur.

– Cela fait cinq semaines ! Et tu as été blessé ! Pourvu que Mlle

Hermine ne l'ait pas su ! Ou plutôt, si elle l'a su, quel avantage pour toi ! Tu lui en seras devenu cent fois plus cher !

Le baron plaisantait avec une grâce légère, faite de tendresse et de fierté paternelle, qui lui donnait un charme surprenant ; son fils en était ébloui ; ce père heureux ressemblait si peu au père de sa jeunesse, grave et préoccupé !

– Je suis content, dit M. de Grandpré, répondant à un regard de Paul qui exprimait cette pensée. L'idée de ton mariage me remplit d'une joie que tu ne peux t' imaginer ; et puis, mon fils, vois-tu, la paix est entrée dans mon âme... Oui, tu connaîtras aussi plus tard les joies calmes qui suivent les orages... Puisses-tu éviter les grandes tempêtes !... Mais, pour la paix qui remplit mon cœur en ce moment, je t'assure que cela valait la peine de souffrir un peu...

Son fils regardait le noble visage se transfigurer pendant que son père parlait ainsi, et, bien qu'il ne pût s'astreindre à penser de même, il admira cette nature d'élite qui savait découvrir des joies là où tant d'autres n'eussent trouvé que fiel et rancune.

Il fut convenu que le lendemain Paul irait à Paris prendre des nouvelles de la famille de Cérences, et le reste de la soirée s'écoula, pour ce père et ce fils si étroitement liés, dans la douceur et le calme d'un jour de paradis.

Chapitre XVII

Paul de Grandpré ne sentait pas la fatigue et avait oublié sa blessure quand il monta dans le train qui devait le conduire à Paris ; le temps était magnifique, et, tout le long de la route, il ne vit que des choses riantes. La seule ombre à ce tableau était précisément sa beauté : il ne pouvait guère croire qu'en ce mois de juillet ceux qu'il cherchait fussent encore à Paris.

À chaque station, il regardait avidement par la portière pour voir ceux qui montaient ou descendaient ; peut-être apercevrait-il Hermine. Il ne savait absolument rien des projets de la famille de Cérences ; il ignorait l'endroit où se trouvaient leurs propriétés ; avaient-ils seulement des propriétés ? Jamais Paul n'en avait entendu parler.

Les robes claires, les ombrelles chatoyantes faisaient à chaque gare un joli remous de couleurs gaies ; il s'amusait à voir les voitures de campagne amener et remporter des voyageurs affairés. À cette heure et dans cette direction, on montait plus qu'on ne descendait ; les pères de famille, un portefeuille sous le bras, s'en allaient à leurs affaires, accompagnés à la gare par leurs enfants qui restaient sur le quai pour assister au départ du train.

C'était joli à voir, ces boucles brunes et blondes, tombant sur les costumes sombres des petits garçons, sur les robes claires des fillettes ; les minois tournés vers la figure paternelle, enchâssée dans le cadre de la portière, étaient amusants dans leurs expressions variées. Paul les examinait avec un sourire indulgent et une vague pensée d'avenir ; n'aurait-il pas un jour, lui aussi, une nichée de petits êtres exquis, pour le suivre et l'escorter sur les routes de la vie ?

La Seine babillait entre ses rives, quittée et revue à tout moment ; les écailles argentées que le soleil faisait sauter sur les flots semblaient le ruissellement d'une incommensurable fortune, offerte aux pauvres de ce monde par la générosité de ce jour splendide. Paul se sentait riche de joies, son cœur débordait de félicités encore inconnues ; tout à coup, il se rappela le temps où, petit enfant lui-même, il allait aussi conduire son père à la gare ; c'était sa mère qui l'accompagnait, elle le tenait par la main pour le garantir de tout danger ; il se rappelait encore la pression de ses doigts au moindre bruit, à la moindre alerte...

Une fenêtre s'ouvrit tout à coup dans l'âme de Paul sur ce passé lointain, volontairement relégué dans l'ombre pendant tant d'années. Elle l'avait pourtant bien aimé, cette mère coupable, avant de l'abandonner ! Il se rappelait maintenant mille détails charmants où se montrait une tendresse infinie ; le beau visage, à présent si fièrement attristé, se penchait vers lui en souriant avec une expression dont le souvenir lui traversa le cœur comme un glaive. Mais sa douleur rapide se changea sur-le-champ en soulagement. Cela lui avait fait du mal, cela lui faisait du bien de sentir qu'il avait aimé sa mère et qu'elle l'avait aimé...

Puisque son père avait pardonné, avait-il le droit de tenir rigueur ? Ce duel lui-même marquait l'époque d'un changement nécessaire ; ce serait la date de la réconciliation. Personne ne pourrait plus dire à présent que les Grandpré avaient accepté leur injure. L'injure était lavée dans ce sang. On pouvait déposer les armes.

Le train s'arrêta ; Paul était arrivé. Il monta dans une voiture découverte et se dirigea vers le centre de Paris, sous les arbres, le long du Jardin des Plantes d'abord, puis le long des quais, jusqu'à l'appartement du quai Voltaire.

Tout y était dans un ordre parfait, tel qu'il n'en avait point connu dans le temps où son père et lui, livrés à des soins mercenaires, tenaient correctement, mais à grands frais, leur ménage de célibataires, la présence de Mme de Grandpré avait apporté là une grâce discrète, une perfection de détails dont le jeune homme ne put méconnaître le charme et l'autorité. Même en son absence, on sentait sa main ferme et légère en toutes choses.

Avec un demi-soupir, Paul acheva de congédier les rancunes du passé. Sans doute, il ne serait jamais, il le croyait du moins, le fils qu'il aurait été sans le drame de son foyer paternel, mais il pourrait encore se montrer heureux et surtout donner beaucoup de bonheur. Plein d'espoir, il était aussi plein d'indulgence.

Les deux heures qui devaient s'écouler avant qu'il pût décemment se présenter chez Mme de Cérences lui parurent fort longues ; elles passèrent cependant, et il se dirigea, à pied, très lentement, vers la rue Saint-Honoré.

En frappant le marteau sur sa plaque, car la porte de cette maison était toujours fermée, Paul se sentit tout à coup défaillir. Ainsi qu'il arrive aux vrais amoureux, toute sa confiance s'était brusquement envolée, et il éprouvait un découragement profond. La porte s'étant ouverte devant lui, il se ranima pourtant et demanda bravement au portier si M. ou Mme de Cérences étaient à Paris.

M. de Cérences était absent ; madame et mademoiselle étaient sorties pour le moment. En voyant la mine déconfite que Paul dissimulait sous une extrême gravité, le brave homme ajouta :

– Ces dames vont tous les jours, quand il fait beau, passer l'après-midi aux Tuileries.

Le jeune homme tira de son portefeuille deux cartes, les corna soigneusement et les remit au portier en lui disant merci ; puis il se dirigea vers le jardin somptueux, maintenant livré à l'oubli, simple lieu de passage, que les deux femmes avaient eu le bon goût de choisir pour refuge contre la chaleur et la poussière parisiennes.

Désert maintenant, ce royal jardin, jadis tant fêté. On n'y vient plus que les jours où il n'est pas lui-même, lorsqu'une fête foraine le remplit de bruit et de vulgarité. La grâce souriante de ses parterres, ensoleillés, l'ombre et la fraîcheur des arbres géants de ses massifs, n'attirent plus les promeneurs. Les enfants riches même l'ont abandonné et se font conduire aux Champs-Élysées, entraînés par le courant mondain contre lequel leur âge ne les défend pas.

Et pourtant, nulle part dans Paris on ne saurait trouver de fleurs plus brillantes ni de feuillages plus protecteurs ; mais les Tuileries ne sont plus à la mode. Les mères de la rue Saint-Honoré et des rues avoisinantes viennent seules y surveiller les jeux de leurs enfants ; on les voit arriver dans l'après-midi, nu-tête, avec un petit panier à la main, qui contient le goûter des bébés. Elles apportent un pliant, afin d'économiser le sou de leur chaise ; la vieille loueuse, qui a vu des temps meilleurs, les regarde de travers, soupire, et passe, les mains dans les poches vides de son tablier.

Si grand que fût le jardin, Mme de Cérences et Hermine n'étaient pas difficiles à y rencontrer, étant peut-être les deux seules femmes du vrai monde qu'il abritât sous ses vieux marronniers. Instinctivement, Paul les chercha dans la partie des massifs qui avoisine les parterres ; il les aperçut de loin, adossées contre un arbre, au bord de l'allée ; les ramiers classiques des Tuileries roucoulaient sur leurs têtes, et par instants venaient s'abattre à leurs pieds pour picorer le pain qu'Hermine leur avait jeté.

Elle était là, les yeux baissés sur un livre ; sa grand-mère, les mains croisées sur ses genoux, regardait placidement la vie des autres. Les enfants qui s'ébattaient à deux pas d'elle n'en étaient pas moins beaux, pour être moins richement vêtus que les enfants du temps passé ; leurs petites manières étaient gentilles et drôlettes ; à cet âge, la ligne de démarcation entre le peuple et l'aristocratie est encore bien ténue ; le rire et les larmes des bébés sont à peu près les mêmes entre un et deux ans ; ce n'est guère qu'à partir de la troisième année que la distinction se fait sentir dans ce petit monde. Mme de Cérences l'avait été mère, puis grand-mère, et les enfants l'amusaient autant que le livre le plus intéressant.

Après les avoir aperçues, Paul eut envie de battre en retraite ; comment les aborder ? Il se sentait maintenant absolument poltron. Autant il trouvait simple et naturel d'aller leur rendre visite chez elles, autant il lui semblait difficile de s'avancer et de les saluer en ce lieu.

Pendant qu'il hésitait, Hermine leva la tête et regarda devant elle. Ses jolis yeux bienveillants et candides parcoururent les parterres rutilants sous le soleil ardent, puis se reposèrent sur les groupes d'enfants éloignés. Tournant un peu la tête, elle s'amusa aux gentillesses des pigeons gourmands, et dit quelques mots à sa grand-mère ; puis, d'un air las, elle s'appuya en arrière, et une expression pensive envahit peu à peu son charmant visage.

Paul devina, sentit qu'elle pensait à lui, et lui envoya toute sa tendresse en un élan qui lui réchauffa le cœur comme une flamme. Peut-être avait-il fait un mouvement involontaire ; Hermine, sans bouger, tourna les yeux vers lui et le reconnut.

Une rougeur délicate monta à ses joues, comme si le soleil les avait caressées ; elle ne dit rien, ne fit pas un mouvement, mais tout son jeune amour parla par le silence de ses paupières baissées.

Très brave à présent, Paul s'avança et salua les deux femmes. Il dit tranquillement que, venu à Paris pour les voir et ne les ayant pas trouvées chez elles, ayant appris qu'elles pouvaient se trouver ici, il s'était permis de venir les y chercher.

Il parlait avec une grande aisance, n'ayant plus à déguiser sa pensée.

Mme de Cérences, qui l'avait d'abord bien accueilli, l'écoutait avec une certaine nuance d'embarras ; cette façon de parler, de proclamer sa recherche, n'était pas tout à fait autorisée par leurs relations, jusqu'alors cordiales, mais réservées ; elle éprouvait un peu de gêne, en voyant ce jeune homme moins rigoureusement correct qu'elle ne l'avait précédemment connu.

Cependant, elle ne pouvait guère se dispenser de l'inviter à s'asseoir. Il prit une chaise et obéit ; Hermine était en face de lui ; elle n'avait rien dit, mais il sentait la joie qu'elle éprouvait de le revoir.

Mme de Cérences engagea une conversation languissante, le questionnant sur sa sœur, récemment mariée, sur son séjour à la Vernerie, cherchant des phrases qui fussent polies, sans être trop engageantes. Paul répondait mal à ses efforts, et un silence se fit bientôt.

La chaleur eût été extrême sans un vent frais et léger qui leur apportait par bouffées l'odeur fine des héliotropes chauffés par le soleil ; dans le haut des marronniers, on entendait roucouler les tourterelles ; le roulement continu des voitures, assoupi par le macadam, faisait un accompagnement sourd et régulier qui semblait très lointain. Hermine n'avait pas prononcé une parole.

– Madame, fit tout à coup Paul à demi-voix, je vous ai dit tout à l'heure que j'étais venu à Paris exprès pour vous voir... Je voulais m'adresser à M. de Cérences en même temps qu'à vous... Le hasard veut que je vous trouve ici, dans des circonstances qui me paraissent favorables... Voulez-vous me permettre de vous parler à cœur ouvert ?

La grand-mère regarda sa petite-fille. Elle restait immobile, très pâle, avec une ombre de couleur flottante sur le haut des joues ; ses lèvres entrouvertes semblaient attendre un souffle pour se réchauffer ; la bonne créature sentit son cœur se fondre de pitié.

– Monsieur, dit-elle, ne pourriez-vous épargner...

Paul avait suivi son regard ; l'émotion d'Hermine si discrète, si contenue et si éloquente, l'enivrait autant que d'ardents aveux d'amour.

– Madame, reprit-il, vous avez deviné. J'aime Mlle de Cérences ; ce n'est point une parole banale, – vous le voyez, n'est-ce pas ? Accordez-moi votre protection, pour décider son grand-père à me la donner !

– Mais, monsieur, fit la grand-mère très embarrassée, cette démarche, en un tel endroit...

– Je sais, madame, tout ce que vous pouvez me dire ; mais vous êtes femme, vous êtes deux fois mère, vous serez plus indulgente et plus tendre que ne peut l'être un homme, si bon qu'il soit. M. de Cérences a pour devoir d'assurer le bonheur social et matériel de votre enfant, et, de ce côté, j'espère lui donner toute satisfaction ; mais vous, madame, c'est le cœur qui est votre domaine, et j'aime Mlle Hermine... Ah ! si vous saviez comme je l'aime !

Il était si beau, dans son élan de passion, que la vieille dame ne put s'empêcher de l'admirer. Depuis qu'il lui parlait, il n'avait pas essayé de regarder Hermine, tant il était sûr d'elle ; c'était à la grand-mère seule qu'il adressait son ardente protestation, et la jeune fille en sentait son âme brûlée d'amour. Il se tut, et baissa les yeux. Les tourterelles roucoulaient toujours avec des modulations infiniment douces ; une bouffée d'air vif apporta avec l'odeur des parterres le son argentin du jet d'eau qu'on venait d'ouvrir ; le petit bruit de pluie des gouttelettes retombant dans le bassin ajoutait quelque chose d'attendri à l'alanguissement voluptueux de l'heure et du lieu,

– Monsieur, dit enfin Mme de Cérences, s'il ne dépendait que de moi... Vous m'avez dès l'abord inspiré de la sympathie... Mais une chose aussi grave ne se règle pas uniquement sur les sympathies... Avant tout, nous devons rechercher le bonheur de notre enfant...

Le regard jeté par Hermine à sa grand-mère valait toutes les explications du monde ; aussi Mme de Cérences ne crut-elle pas devoir continuer. Elle allait se lever, pour mettre fin à l'entretien, lorsque Paul, surpris lui-même de son audace, la retint d'un geste suppliant.

– Madame, je vous en conjure, dit-il d'une voix chaude et contenue, où bouillonnait l'ardeur de son jeune amour, soyez-moi favorable ! Je crains d'avoir bien assez de peine à conquérir M. de Cérences, quoique – Dieu le sait ! – rien dans ma vie ni en moi-même ne soit de nature à lui déplaire, du moins, je l'espère ! Mais vous, madame, vous aimez Mlle Hermine, vous souhaitez avant tout qu'elle soit heureuse... Ah ! si l'amour et le respect d'un honnête homme passent pour vous avant tout le reste, comme pour elle, je le crois, – je vous en prie, dites-moi que vous n'êtes pas hostile à mes sentiments !

Mme de Cérences fut touchée de cette sincérité. Elle sourit et regarda sa petite-fille qui avait rougi, mais qui, sans fausse honte, écoutait religieusement les paroles de l'homme qu'elle aimait.

– Si j'osais, reprit Paul enhardi, c'est en votre présence que je demanderais à Mlle Hermine si ma demande ne lui déplaît pas...

– Ce serait trop, monsieur, dit vivement la vieille dame. Mais sa petite-fille parla, sans qu'elle pût l'en empêcher.

– Grand-mère, dit-elle de sa voix émue et cristalline, je vous prierai de répondre à M. de Grandpré que sa démarche me touche, et qu'en ce qui dépend de moi je l'accepte.

– Hermine ! s'écria la grand-maman scandalisée.

– J'ai dit : En ce qui dépend de moi, grand-mère. Cela veut dire que jamais je ne vous désobéirai en rien, ni à vous ni à mon grand-père ; vous avez été trop bons pour moi ; la pensée de vous causer la moindre peine me ferait grand-honte et grand-chagrin ; mais j'aime M. de Grandpré.

– Hermine, tais-toi, mon enfant, tu perds la tête !...

– Je l'aime, grand-mère, dans toute la loyauté de mon âme, et, si je ne puis l'épouser, je n'en épouserai pas un autre.

– Tu n'es qu'une enfant, tu ne comprends pas le sens de tes paroles ; on ne dit pas ces choses...

– On les ressent, grand-mère ; donc on peut les exprimer. J'ai vingt et un ans, je ne suis plus une petite fille. Je ne répéterai pas ce que je viens de dire, mais j'y serai fidèle jusqu'au bout.

Elle avait parlé sans lever les yeux ; en prononçant le dernier mot, elle regarda tour à tour Paul et sa grand-mère, de ses yeux honnêtes de jeune fille pure. La franchise de ce regard toucha plus profondément le cœur de celui qui l'aimait que ne l'eût fait une protestation passionnée.

– Je ne puis vous remercier, lui dit-il à voix basse ; il n'y a pas de paroles pour exprimer ce que je ressens. J'espère bientôt pouvoir vous le prouver... Madame, vous le voyez, ce n'est plus mon bonheur seul qui est dans vos mains, c'est le nôtre... Ma confiance en vous s'en trouve doublée. J'aurai l'honneur de me présenter à M. de Cérences... Quand ? Demain ?

– Laissez-moi lui parler, fit la bonne dame avec bienveillance, encore qu'un peu troublée par la façon d'agir de sa petite-fille. Je vous écrirai.

Il salua profondément les deux femmes et s'éloigna. Avant de quitter l'allée, il se retourna et les vit se diriger lentement vers leur demeure. S'assurant qu'elles ne reviendraient pas, il alla s'asseoir à la place qu'il avait occupée, et, vis-à-vis des chaises vides, se rappela une par une les minutes délicieuses qui venaient de s'écouler.

L'aveu d'Hermine avait été si simple qu'il n'en avait pas réalisé d'abord toute la noblesse. Il se sentait aimé d'elle ; le lui entendre dire ne l'avait pas surpris ; il n'avait compris au premier moment que la nouvelle force obtenue par là dans sa cause. Mais, à présent qu'il ne ressentait plus aucune contrainte, il s'enivrait du souvenir de cette voix exquise, prononçant des paroles qu'il eût volontiers payées de sa vie. Qu'elle avait été brave, la chère enfant ! Avec quelle noble délicatesse elle avait adressé sa réponse, non à lui, mais à sa grand-mère ! « Je n'en épouserai pas un autre. » C'était un engagement formel.

Tout à coup Paul s'avisa que peut-être il y en avait un autre, et que c'était là le motif de la réserve de Mme de Cérences. Pourquoi pas un autre ? Hermine valait qu'on demandât sa main dix fois pour une ; mais qu'importait, puisque c'était lui qu'elle aimait ?

Et, paresseusement, dans la fraîcheur des jets d'eau, dont le bruit lui arrivait tantôt plus, tantôt moins fort suivant les caprices du vent, dans les parfums des parterres, au roucoulement des ramiers sur les grands marronniers séculaires, Paul berça son amour, en bénissant Hermine de le partager.

Chapitre XVIII

La journée du lendemain parut longue à Paul de Grandpré ; vainement, pour en tromper l'ennui, il se rendit aux Tuileries ; ni à la place occupée la veille ni ailleurs, il n'aperçut Hermine et sa grand-mère. Cette réserve, d'ailleurs commandée par les bienséances, lui parut tyrannique ; alors, comme un vulgaire jouvenceau, il passa sous les fenêtres de leur maison ; mais, la chance était contre lui ce jour-là, ou peut-être n'étaient-elles pas sorties, ou encore n'étaient-elles pas rentrées... Rien n'indiqua à son flair d'amoureux qu'elles fussent là plutôt qu'en Chine, et qu'elles eussent passé le seuil de leur porte à un moment quelconque.

Il éprouva une violente tentation de se présenter, malgré les ordres qu'il avait reçus, et ce fut par une grande victoire sur lui-même qu'il se contraignit à n'en rien faire.

Cet homme, qui avait cru pouvoir bannir l'amour de sa vie, était la victime soumise de son amour ; il aimait avec la nouveauté d'impressions d'un adolescent ; toute sa science de la vie ne lui servait plus qu'à savourer la délicieuse fraîcheur du breuvage dont il s'enivrait ; il se demandait comment il avait pu arriver si près de la trentième année sans boire à cette coupe de délices, et, en même temps, se trouvait trop heureux d'avoir attendu jusqu'au jour où il avait rencontré Hermine.

Le soir, il envoya une dépêche à son père, avec ces mots : « Rien de nouveau », et passa une nuit fort agitée.

Gomme il arrive souvent la nuit, Paul tomba dans l'excès contraire ; autant il avait triomphé le jour, autant, les heures sombres venues, il se sentait affaissé et découragé. Mille difficultés lui semblaient surgir ; les vieux parents avaient fait leur choix ; Hermine, certainement, n'accepterait pas un autre mariage, mais des empêchements allaient se présenter ; autrement, pourquoi l'eût-on fait attendre ? Sa blessure, encore imparfaitement guérie, lui faisait aussi grand mal, et même il eut un peu de fièvre. Vers le matin, il s'endormit, et quand il se réveilla, de toutes ses inquiétudes il ne lui restait plus qu'un peu de fatigue et d'ennui.

Comme il s'apprêtait à sortir, on lui apporta une lettre de Mme de Cérences. Très brièvement, elle le priait de la venir voir à deux heures. Hormis les formules de politesse, pas un mot ne trahissait un sentiment de bienveillance.

Paul prit peur. Les agitations de la nuit l'avaient mal préparé à une lutte, et il sentait un ennemi invisible derrière ce petit morceau de vélin. Qu'allait-on lui dire ? Il eut le pressentiment que son duel était là pour quelque chose ; mais il ne croyait pas aux pressentiments et secoua bien vite l'idée importune, en s'efforçant de ne penser à rien, jusqu'au moment de l'entrevue.

Il se présenta très digne, presque raide dans son attitude, ne voulant pas avoir l'air d'un suppliant. M. et Mme de Cérences le reçurent, non dans le salon, où les meubles et les tentures étaient pour lui de vieux amis, mais dans une pièce étroite et haute, où le jour n'était admis pour ainsi dire que par grâce et se perdait sur les murs sombres avant d'arriver aux objets.

M. de Cérences parut au jeune homme plus maigre et plus grand que de coutume ; son maintien, toujours grave, était encore plus solennel que les autres jours. Paul sentit qu'on l'examinait attentivement, et son orgueil se révolta contre une si minutieuse inspection ; mais il sut n'en rien témoigner.

– Monsieur, dit le vieillard, vous avez adressée à Mme de Cérences une demande pour m'être transmise. Je dois d'abord vous en remercier ; mais, avant de la prendre en sérieuse considération, j'ai quelques questions à vous adresser. Veuillez ne pas y voir d'indiscrétion, mais le désir de conformer mes actions aux principes de la sagesse.

Un tel préambule n'était ni rassurant ni encourageant. Paul s'arma de résistance. Si seulement il avait aperçu un petit morceau de la robe d'Hermine ! Mais elle semblait aussi absente de cette maison que si elle n'y eût jamais vécu.

– Est-il exact, monsieur, que vous vous soyez battu en duel, il y a un mois environ, avec M. de Villebois ?

Paul avait rougi : toute sa colère contre l'insolent lui remontait au cerveau, à voir cette affaire discutée par un tiers.

– C'est exact, monsieur, répondit-il. M. de Villebois m'a blessé, et, de mon côté, je l'ai atteint d'une façon que je croyais sérieuse... Il paraît que c'était moins grave qu'on ne l'avait supposé.

M. de Cérences releva la tête d'un air mécontent. Paul lui semblait traiter trop légèrement cette affaire.

– M, de Villebois, dit-il, est le fils d'un de mes plus anciens amis, je dois vous en prévenir. Tel que je le connais, j'ai quelque peine à me figurer qu'il vous ait cherché querelle ; c'est un homme froid et raisonnable ; avant de donner une réponse à la demande que vous m'avez soumise, je voudrais savoir quelle a été la cause de votre rencontre avec lui.

Si quelque chose au monde pouvait blesser Paul, c'était de se voir examiner comme un écolier en faute ; mais si ce froissement pouvait encore être aggravé, c'était par une question semblable. Le visage en feu, il répondit nettement :

– Il m'est impossible de dire pourquoi je me suis battu avec ce monsieur. La cause était grave, le duel a failli entraîner notre mort à tous deux ; tous deux, nous nous sommes bien conduits ; le secret de cette affaire doit rester entre nous.

Mme de Cérences jeta au jeune homme un regard pour l'avertir ; il le vit très bien ; mais il ne pouvait, sans manquer à lui-même et aux siens, se retenir sur la pente où l'entraînait le grand-père d'Hermine.

– Pardon, dit le grand vieillard avec hauteur, je puis supposer que ma petite-fille a été pour quelque chose dans votre différend, et, en ce cas, je dois le savoir.

Paul le regarda bien en face.

– Mlle de Cérences n'est pour rien dans la question. Je la respecte trop pour me permettre de tirer l'épée pour elle, n'ayant aucun droit ; je ne sais si mon adversaire est mon rival, comme je crois le deviner à présent, et j'ignore sous quelles couleurs il a pu me représenter, mais...

– Votre affirmation me suffit en ce qui concerne ma petite-fille, interrompit le vieillard ; mais il me reste à connaître le motif qui vous a poussé à risquer votre vie au moment où vous songiez au mariage... Vous ne voulez pas me le dire ?

– Je ne le puis.

– Alors, c'est à moi de chercher à le savoir. Je ne veux ni mystère ni obscurité dans la famille dont mon enfant prendra le nom. Je vous ferai savoir ma réponse.

Paul répondit au salut que lui adressait le vieillard, et sortit. Mme de Cérences le rejoignit aussitôt dans l'antichambre.

– Pourquoi ne voulez-vous pas parler ? lui dit-elle à demi-voix. Mon mari a l'esprit assez large pour excuser bien des faiblesses, mais il est impitoyable en ce qui touche à certaines choses...

– Vous êtes bonne, madame, répondit Paul, à la fois irrité et désespéré ; si je le pouvais, soyez certaine que je dirais à M. de Cérences tout ce qu'il désire savoir ; mais je ne le puis pas, je vous le jure.

– Il le saura par d'autres, fit la vieille dame avec regret.

– Alors, j'aurai la ressource de tuer M. de Villebois, que j'ai eu l'imprudence de manquer la première fois, dit le jeune homme exaspéré, car je vois bien que c'est lui dont M. de Cérences agrée la recherche, et, s'il me calomnie...

– S'il vous calomnie, dit fermement la grand-mère, c'est lui qui sortira d'ici, je vous l'affirme. Vous avez une alliée dans la place, monsieur.

Elle regarda Paul avec bonté.

– Je vous remercie, madame, fit-il en s'inclinant pour prendre sa main et la baiser.

– Ce n'est pas de moi que je parle... Je crains, monsieur, que vous n'ayez imprudemment préparé bien des chagrins à ma pauvre enfant ainsi qu'à vous-même. Vous n'auriez pas dû vous exprimer en sa présence comme vous l'avez fait l'autre jour...

– Madame, répondit le jeune homme, j'aime votre petite-fille et je me sens digne de la mériter. Je ne puis regretter le sentiment qui m'a poussé, puisqu'il m'a valu la plus douce, la meilleure émotion de ma vie. Avec cela et votre bienveillance, je puis braver tous les obstacles.

Il se retira, laissant la grand-mère inquiète et charmée. Elle l'aimait pour sa franchise et son courage ; elle l'aimait surtout parce que Hermine l'aimait, et, vingt fois durant les jours qui suivent, elle maudit Villebois de s'être battu, d'en avoir parlé et même d'avoir jamais existé.

Paul rentra chez lui dans un état d'exaspération complète. Pour cette âme ombrageuse et fière, qui poussait si loin l'indépendance, la façon d'agir de M. de Cérences constituait en elle-même presque une injure. Il ne savait à quoi se décider ; s'il ne se fût agi que de lui seul, il fût allé provoquer de nouveau Villebois et se fût battu avec lui jusqu'à la mort de l'un des deux ; sans l'aveu spontané d'Hermine, il eût retiré sa demande et renoncé à elle, quitte à porter, toute sa vie, la marque douloureuse de la passion qui l'avait mordu. Mais il sentait qu'un nouveau duel, féroce comme il le souhaitait, s'il en était victime, porterait à son père un coup mortel, et, s'il tuait son adversaire, lui ôterait toute espérance de jamais obtenir Hermine. Il se résigna donc à patienter, c'est-à-dire à ronger son frein, sans même oser écrire à M. de Grandpré, tant il craignait de lui faire partager son ennui.

Deux jours, puis trois s'écoulèrent ; Paul était malade d'anxiété, et aussi de colère ; il jugeait inqualifiable la manière d'agir de M. de Cérences, et, sans le respect qu'il portait à la vieille dame, il eût peut-être commis quelque sérieuse imprudence.

Le matin du quatrième jour, enfin, il reçut une lettre écrite sur du papier de grand format, lourde, scellée d'un cachet armorié ; elle ne pouvait émaner que du vieux gentilhomme. Rien qu'à la voir, Paul comprit que c'était un refus. Pâle de rage, il l'ouvrit et la lut ; elle était courte et claire. M. de Cérences remerciait M. de Grandpré de l'honneur qu'il avait voulu lui faire, et regrettait de ne pouvoir l'accepter. Aucune formule bienveillante n'adoucissait la rigueur de cette décision.

Le jeune homme resta d'abord atterré, puis sa violence naturelle lui occasionna une telle fureur qu'il eut peur de s'y laisser aller. Se contraignant à grand-peine à modérer ses mouvements, il se mit à marcher de long en large dans sa chambre.

Quoi ! pas un mot de Mme de Cérences, pas un témoignage de sympathie ? Qu'Hermine n'eût pas essayé de communiquer avec lui, rien n'était plus légitime et plus respectable ; mais sa grand'mère n'aurait-elle pas dû essayer d'adoucir le coup par quelques bonnes paroles ?

Malgré le refus de M. de Cérences, Paul n'eut pas un instant la pensée qu'Hermine pouvait avoir renoncé à lui de son plein gré ; quoi qu'on eût osé dire de lui, elle ne pouvait pas l'avoir cru ; elle lutterait sans doute ; cet arrêt ne lui avait peut-être pas été communiqué... Le jeune homme voyait là une lueur d'espoir qui le ranima.

Sa colère restait la même, cependant. Pourquoi l'avait-on repoussé, froidement et sans appel ? Une dénonciation calomnieuse !

Ce devait être cela ; il avait non seulement le droit, mais le devoir de se défendre ; il répondit sur-le-champ à M. de Cérences qu'avant d'accepter son arrêt il demandait à connaître le motif qui l'avait dicté.

Il attendit tout le jour, puis la matinée du lendemain, et, ne recevant aucune réponse, il prit un parti désespéré : il écrivit à Mme de Cérences en lui demandant la grâce d'un entretien. Son billet était court, mais chaque mot y révélait la détresse d'une âme injustement outragée, et il se sentit certain que la grand-mère d'Hermine ne pourrait lui refuser. La lettre fut envoyée par un commissionnaire chargé de rapporter la réponse.

Une heure après, il la reçut. Mme de Cérences consentait à le voir, et, ne pouvant le faire chez elle, elle lui demandait de la recevoir chez lui, le même jour, à cinq heures.

Elle arriva à l'heure exacte. Paul l'attendait, le cœur battant comme si c'eût été un rendez-vous d'amour.

– Ah ! monsieur, lui dit-elle, quand il l'eût fait asseoir dans le grand salon, vous êtes cause que, pour la première fois de ma vie, je fais une dé- marche secrète pour mon mari...

Paul, plein de respect et de reconnaissance, baisa la petite main

Chapitre XVIII

fluette qu'elle lui laissa prendre.

– C'est un malheur, un grand malheur, dit-elle, que vous ayez parlé devant Hermine ; vous vous êtes fait aimer, monsieur, et vous avez attiré sur ma pauvre enfant un bien grand chagrin.

– Si elle m'aime, je ne crains rien, répondit Paul avec fierté ; je ne sais de quel crime on m'accuse ; mais, pourvu qu'elle ait confiance en moi, je viendrai bien à bout de me justifier.

Le regard que Mme de Cérences jeta au jeune homme l'empêcha de continuer ; il contenait tant de pitié, tant de douleur, ce regard, que Paul eut soudain la révélation de la vérité.

– Pourquoi, madame, dites-moi pourquoi on me refuse Hermine, fit-il d'une voix sourde.

La vieille dame hésita un instant ; puis, détournant la tête :

– C'est à cause de votre duel, dit-elle.

– Mon duel ?

Il voulait lutter encore, mais il ne savait pas feindre. Ils restèrent silencieux, sans se regarder. Mme de Cérences reprit, au bout d'un instant, à demi-voix, comme honteuse :

– Mon mari est un homme rigide, monsieur ; je n'ose dire trop rigide, car, en matière d'honneur, je ne sais s'il peut y avoir excès ; mais ses idées sont celles d'un homme âgé, qui n'a jamais transigé sur rien de ce qu'il croyait juste et nécessaire... Il ne faut pas lui en vouloir...

Paul restait muet.

– Ses idées ne sont pas tout à fait les miennes ; je suis femme, et, par conséquent, je puis mieux comprendre certaines choses... Je serais, je crois, moins sévère... Et puis, je suis plus jeune aussi, quoique déjà bien vieille, et, depuis ma jeunesse, j'ai vu bien des alliances que l'amour ne commandait pas, où M. de Cérences eût trouvé à redire, et qui n'en obtenaient pas moins l'approbation générale... Pour ma part, j'éprouve infiniment d'estime pour le caractère et la personne de M. de Grandpré, et, l'approuvant en tout ce qu'il a fait, il me coûte d'entendre qu'on le blâme... Votre sœur est charmante, dit-on, tout à fait bien élevée... Si vous saviez, monsieur, reprit-elle tout à coup avec une grande vivacité, si vous saviez le cas qu'il faut que je fasse de vous pour être ici, et vous y parler comme je le fais...

Il s'inclina très bas et baisa la main qu'elle laissait reposer sur ses genoux, puis détourna la tête, en disant :

– Si vous saviez, vous, combien je vous en remercie !

Elle essuya ses yeux délicatement, pour l'empêcher de s'apercevoir qu'elle pleurait.

– Vous êtes un honnête et charmant garçon, et je ne puis même pas vous dire que je vous plains, dit-elle en posant sa main sur le bras du jeune homme ; je devrais vous détester, pour les larmes que vous faites verser à ma petite-fille, et je ne le puis ; il y a en vous quelque chose qui me gagne le cœur malgré moi. S'il n'y avait que moi, malgré tout, je vous la donnerais.

– Ah ! merci ! s'écria Paul en se levant du siège où il était resté comme écrasé. Vous me rendez la vie !

– Oui, je vous la donnerais, continua la vieille dame enhardie, avec une très légère nuance d'exaltation ; je pense qu'il est injuste de punir les enfants pour des fautes dont ils sont innocents ; je pense que votre père est le meilleur juge en cette matière ; je trouve qu'il a bien agi... Je trouve que vous vous êtes bien conduit, que vous avez bien fait de vous battre, que M. de Villebois est un sot et un méchant homme.

– C'est lui qui vous a dit ? interrompit Paul.

– Non ! je dois avouer qu'il a gardé le silence ; c'est le notaire, interrogé par mon mari sur votre famille, qui lui a parlé de... enfin, du passé. Tout le monde s'accorde à reconnaître que votre famille est tout ce qu'il y a au monde de plus honorable ; sans ce... ce malheureux incident..., M. de Cérences, voyez-vous, est un homme à part, et les siens ont toujours été de même. C'est une tradition dans la famille, et ses aïeux ont poussé le respect ou l'orgueil de leur nom jusqu'à un point que vous ne sauriez croire... La sœur d'un ancien Cérences, sous Louis XV, mariée à un gentilhomme normand, fut remarquée par le Roi... Son frère rompit avec elle, et d'une façon si éclatante qu'il tomba en disgrâce... Il aima mieux finir sa vie en exil, dans ses terres, que d'obéir au Roi en renouant avec sa sœur... Mon mari aime à citer ce fait, il en tire gloire... Il dit que la vertu des femmes doit être supérieure à celle des hommes, parce que ceux-ci peuvent se racheter par la bravoure... Enfin, il ne veut rien entendre... Mon pauvre enfant !

Il se rassit en se détournant d'elle, afin qu'elle ne pût lire sur son visage. Tout son être troublé lui semblait s'en aller à la dérive. Elle se leva et s'approcha de lui ; il n'y prenait point garde ; elle posa une main sur son épaule, sans qu'il remuât.

– Mon pauvre enfant ! répéta la bonne grand-mère, vous me faites tant de peine !...

Elle pleurait pour tout de bon et sans contrainte ; il tourna vers elle son visage défait, et au fond des yeux sombres, pareils à ceux de sa mère, Mme de Cérences vit briller deux larmes, uniques et brûlantes, qui ne voulaient pas tomber et qui furent séchées par l'orgueil.

– Et elle, fit-il, sait-elle ?

– Non.

– Il faut le lui dire, reprit Paul. Il faut qu'elle sache... Cela pourrait la détacher de moi... Il faut qu'elle le sache dès à présent. Si elle partage les sentiments de son grand-père, et cela n'aurait rien que de très naturel, de très honorable...

Il parlait avec une étrange amertume, et le cœur de la grand-mère saignait à l'entendre.

– C'est une Cérences... M. de Cérences a raison : on ne saurait porter trop haut le drapeau de l'honneur ! Dites à votre petite-fille, madame, que mon nom a reçu une tache... et que, si mon honneur d'homme est intact, si personnellement je me sens encore digne d'elle, la maison dans laquelle je lui demandais d'entrer a été souillée !

– Ah ! fit la vieille dame, en étendant les mains pour le calmer, taisez-vous !

– Et si elle se détourne de moi, continua-t-il, ce sera tout à sa louange... Mais, en même temps, dites-lui que je l'aimais comme on doit aimer sa compagne, avec un respect profond, avec une confiance absolue... Et qu'elle ne croie pas que je l'aie trompée... Je vous le jure, je ne pensais pas que... que cette chose... serait un obstacle ; je ne pensais pas que cette honte eût rejailli sur moi, et, de plus, je croyais l'avoir lavée...

Sa voix s'éteignit. Mme de Cérences lui prit les deux mains, qu'il essayait de retirer par un mouvement de dignité blessée.

– Écoutez-moi, lui dit-elle ; je ferai ce que je croirai pour le mieux,

M. de Cérences aime tendrement sa petite-fille ; en ce moment, il est intraitable ; mais, plus tard, on ne sait pas... Comptez sur moi... Vous me croyez, dites ?

Elle pleurait comme une enfant. Ce fut lui qui la consola, qui lui dit de tendres paroles et lui essuya les yeux.

– Ah ! grand-mère, lui dit-il, en se laissant glisser à genoux contre elle, c'est bon d'être soutenu par vous... J'ai grand besoin que vous m'aimiez !

Elle sourit, en séchant ses larmes, et, en ce moment, il parut à Paul qu'elle ressemblait singulièrement à sa petite-fille. Elle s'en alla, lui laissant sinon de l'espoir, au moins la certitude qu'elle était, elle aussi, sa fidèle alliée.

Chapitre XIX

Gilberte était revenue la veille, de son voyage de noces. Paul en avait été informé par les domestiques, car elle avait envoyé chercher des objets à son usage, restés à la maison de son père, en attendant son retour. Il n'était guère en humeur de faire acte d'affection fraternelle, et se fût volontiers dispensé d'aller la voir. À son grand ennui, pendant qu'il se préparait à retourner à la Vernerie, il la vit entrer dans sa chambre, fort jolie et très bien mise.

– Je viens te surprendre, dit-elle. Quel singulier frère j'ai là ! Tu sais que je suis à Paris, et tu ne me fais même pas la politesse d'une visite !

– Tu aurais pu me prévenir de ton retour, riposta le jeune homme avec un peu d'aigreur.

Gilberte l'examinant, vit combien il était amaigri et fatigué.

– C'est donc vrai, cette histoire ? dit-elle avec curiosité.

– Quelle histoire ? fit Paul impatienté.

– Tu t'es battu secrètement, et tu as failli tuer M. de Villebois, mon cousin au quinzième ou trentième degré ?

– Je ne sais par qui tu es si bien renseignée, dit le jeune homme avec une humeur croissante.

– Par ma belle-mère, naturellement. Elle sait tout, ma belle-mère !

À son tour, Paul la regarda attentivement. Elle était très changée, et pas à son avantage, malgré son incontestable beauté. Elle avait pris quelque chose de cassant qui ne lui seyait guère ; toute la froide hauteur de sa mère se transformait chez elle en une disposition agressive, singulière et déplaisante dans une femme si jeune.

– Tu as l'air de la connaître très bien, ta belle-mère, fit-il ; c'est dommage que tu l'aies connue un peu tard.

– Mais non, répliqua Gilberte, je la connaissais à fond auparavant !

Elle regardait son frère d'un air assuré ; il en souffrit pour elle. Cette jeune femme hardie, était-ce bien la charmante sœur qu'il s'était découverte moins d'une année auparavant ?

– Tu me cherches querelle, reprit-elle, parce que tu ne veux pas me dire la vérité au sujet de ton duel.

– Que veux-tu que je t'en dise ? riposta Paul ; si bien informée que tu sois, tu n'as pas l'air de te douter que j'ai failli y laisser la vie.

– Ah ! fit-elle un peu saisie. Tu as été blessé sérieusement ? Je croyais que c'était une simple égratignure.

– Ta belle-mère ne sait pas tout exactement, paraît-il. As-tu su que notre père avait manqué mourir pendant la nuit qui a suivi ton mariage ?

– Vraiment, Paul, tu as des expressions !... Mon père a été malade, je le sais, puisque ma mère me l'a écrit ; mais de là à mourir !

– C'est l'exacte vérité ; d'ailleurs, tu le verras toi-même.

Gilberte resta pensive un instant ; elle traçait des rosaces sur le tapis du bout de son ombrelle.

– Ce n'est pas gai, tout cela, dit-elle enfin. Mon père va bien, maintenant ?

– À peu près. Nous pouvons le perdre d'un jour à l'autre, cependant.

Paul parlait d'une voix brève, indice de son mécontentement intérieur.

– Et toi, tu es guéri ?

– À peu près aussi. Tout va par à peu près chez nous.

– Maman va bien ?

– Je le suppose. Elle est à Morancé.

– Morancé ? Pauvre Morancé ! J'y ai passé bien des vacances...

La jeune femme poussa une sorte de soupir qui ressemblait à un éclat de rire, et se leva.

– Je te ferai remarquer, mon frère, dit-elle, que tu ne m'as pas adressé une seule question relative à moi-même ni à mon mariage. Dois-je considérer cette omission comme une étourderie, ou comme... comme une déclaration de guerre ?

– Prends-le comme il te plaira ! s'écria Paul, excédé. Avant ton mariage, tu n'étais pas si pointilleuse !

– C'est que j'apprends à vivre, mon frère ; je commence à voir les choses sous leur véritable jour.

– Tu étais plus aimable auparavant, répondit-il d'un ton bourru.

– On fait ce qu'on peut ! Au revoir, Paul, fit- elle, en lui tendant la main comme à un étranger.

Il serra machinalement cette main, dont les doigts sous le gant étaient déjà devenus plus secs et plus durs, et sa sœur le quitta. L'instant d'après, il l'entendit donner des ordres d'une voix brève et hautaine, qu'il ne lui connaissait pas.

« Elle n'a pas pris la bonne route, pensa-t-il tout haut, tant pis pour elle ! »

Il se remit à ses préparatifs de départ, et, le soir même, il retourna à la Vernerie. Son père l'attendait, très inquiet des courtes dépêches qu'il avait reçues et devinant un échec. Malgré toutes les précautions employées pour lui cacher la véritable cause du refus de M. de Cérences, malgré l'espoir que Paul disait fonder sur l'amour d'Hermine et l'amitié de sa grand-mère, l'acuité de perceptions que sa maladie excitait chez M. de Grandpré lui fit soupçonner qu'on ne lui disait pas toute la vérité, et son esprit travailla de telle façon qu'il en devint très souffrant.

Dans ces circonstances, Paul ne pouvait pas hésiter, d'autant mieux que, son congé expirant, il n'avait d'autre choix que de prier sa mère de revenir ou de laisser son père aux mains de ses gens. Il écrivit donc à sa mère une lettre fort courte pour lui demander de hâter son retour.

C'était la première fois que Mme de Grandpré voyait l'écriture de son fils sur une enveloppe portant son nom. Elle eut d'abord l'impression que son mari devait être en danger imminent ; puis, au contraire, elle se figura que Paul lui envoyait un message de paix. N'osant ouvrir la lettre, elle la gardait dans ses mains glacées ;

enfin, elle eut honte de sa faiblesse et la lut.

Ce fut presque un désappointement pour elle que de n'y rien trouver d'extraordinaire ; la santé de son mari l'avait trop inquiétée pour qu'elle fût vivement frappée de le savoir indisposé ; tout en hâtant son départ, elle cherchait à lire entre les lignes, à deviner ce que Paul aurait pu vouloir y mettre, et elle ne trouvait rien. D'après ce que lui avait dit Marsac, elle avait pourtant espéré quelque chose.

À son arrivée, elle ne trouva rien d'insolite à la Vernerie, si ce n'est l'abattement plus grand de son mari, qu'elle attribua d'abord à un malaise passager. L'abord de son fils n'était pas non plus ce qu'elle avait espéré ; en présence de son père, il se montrait simplement froid, comme par le passé ; mais il évitait toute communication avec elle, avec une persistance qui dépassait tout ce qu'elle avait connu.

La baronne était en ce moment plus sensitive qu'à tout autre : sa fille, qui lui avait écrit deux fois seulement pendant son voyage, venait de lui envoyer, pour annoncer son retour, un petit mot si sec et si bref, que son cœur de mère en avait été blessé, malgré l'expérience déjà faite précédemment. L'abandon de sa fille, le renouvellement de froideur de son fils, l'avaient amenée à un de ces états nerveux où une détente est indispensable, à quelque prix que ce soit.

Elle chercha donc un entretien avec Paul. Celui-ci, qui s'en aperçut, mit tant de soins à l'éviter, que le moment de son départ arriva sans qu'elle eût pu réussir. Une heure seulement restait encore avant que la voiture vint au perron pour emmener le jeune homme, lorsque sa mère, prenant une résolution suprême, frappa à la porte de sa chambre.

Paul dit d'entrer, pensant que c'était un domestique. N'entendant point de voix, il se retourna, et vit sa mère, qui le regardait fixement. Elle était très pâle ; mais son maintien était aussi ferme que jamais.

– Paul ! dit-elle à voix basse, en lui montrant la porte ouverte de la pièce voisine, qui était la chambre de M. de Grandpré, où il ne se trouvait pas alors, mais où il pouvait rentrer d'un moment à l'autre.

La comprenant trop bien, il feignit de ne pas la comprendre. À travers la chambre et le salon, la baronne voyait son mari assis près d'une fenêtre et lisant le journal du jour.

– Soit ! fit-elle, j'aime mieux cela. Paul, je croyais avoir mérité de ta part une autre attitude...

Il s'approcha d'elle, tout près, et la rage qu'il contenait depuis une semaine se fit jour enfin.

– Une autre attitude ? dit-il entre ses dents serrées. Vous venez me reprocher ma conduite ? Je suis un mauvais fils, n'est-ce pas ?

– Mon fils, répondit Mme de Grandpré, qui avait instinctivement reculé, je ne veux pas te faire de reproches : je viens seulement te dire que ton père me témoigne assez d'affection et... et d'estime, pour que ton attitude me soit extrêmement pénible ; moins pour moi que pour lui, qui en souffre...

– Il en souffre ? Assurément. Il souffre de bien autre chose ! Vous vous avisez à présent de nos souffrances, à lui et à moi ! Pour la première fois depuis vingt ans, vous prenez souci du mal que vous avez fait ? C'est fort bien, en vérité, quoique un peu tard !

Il parlait avec une étrange ironie, d'une voix contenue, mesurant le son de ses paroles pour que son père n'en pût rien entendre, et le regardant sans cesse, pour s'assurer que son calme n'était pas troublé.

– Paul, je ne comprends pas ta colère... Marsac m'avait pourtant laissé croire...

– Marsac, oui... Marsac avait pu vous le dire... J'étais prêt à... Il n'osa pourtant prononcer le mot de pardon et se reprit – : J'allais peut-être vous aimer.

– Eh bien ? fit la malheureuse femme qui suivait ses paroles sur ses lèvres.

– Vous m'avez porté un dernier coup... Mon père en mourra, et moi, ma vie est brisée !

– Paul, mon fils, je ne comprends pas !

– Naturellement ! Vous ne savez pas ! Eh bien, sachez-le. J'aime une jeune fille ; je l'adore, entendez-vous ? et elle m'aime. Oui, elle m'aime. Je l'ai demandée en mariage, et on me l'a refusée !

– À toi ? Refusée ?

– Oui, refusée, à cause de vous !

La misérable mère recula en couvrant sa face de ses deux mains, sans pousser un cri ni même un soupir. Elle avait reçu le coup en silence, comme font les héros.

Son fils regarda M. de Grandpré, qui pliait tranquillement son journal pour en lire la seconde page.

– On me l'a refusée, reprit-il de cette voix accentuée qui se fait si bien entendre sans s'élever, on me l'a refusée parce que sa famille est sans tache, parce que toutes les femmes y sont respectées, et parce qu'on n'a pas voulu qu'elle fût votre fille...

– Paul ! dit Mme de Grandpré en lui montrant son visage livide, mais où la dignité maternelle éclatait encore, il est inutile d'insister : j'ai compris ; ce n'est pas un triomphe bien brillant pour toi que de frapper ton ennemi à terre.

Il se tut, honteux de sa violence. Elle se rapprocha imperceptiblement.

– S'il est quelque démarche que je puisse faire, dit-elle, je la ferai ! Veut-on que je disparaisse ? Il y a l'exil, il y a le couvent ; il y a la mort.

Paul tressaillit malgré lui ; elle parlait si tranquillement de ces choses ! Il voyait que la pensée lui en était familière depuis longtemps.

– Pour toi, reprit-elle, pour ton bonheur, rien ne me paraîtra pénible ; lorsque je ne serai plus là, on pardonnera, sois-en sûr...

Elle fit un léger mouvement comme pour se retirer. Il eut peur qu'elle n'accomplît quelque résolution désespérée.

– Mon père a besoin de vous, dit-il avec fermeté. Tant qu'il vivra, vous resterez près de lui.

Elle leva sur son fils ses beaux yeux cernés par les longues larmes.

– Et tant qu'il vivra, reprit-elle, tu n'auras pas de pardon pour moi ?

– Non ! fit-il avec violence. – Non ! point de pardon ! Vous avez détruit notre foyer ! Vous avez abrégé les jours de mon père ! Vous avez tué mon bonheur et celui de la femme que j'aime ! Vous avez accumulé ruine sur ruine dans cette maison où vous étiez adorée... Ah ! comme je vous aimais ! En y songeant l'autre jour, j'en étais encore ému... Mon père vous a pardonné, il le pouvait. Moi, je ne peux pas.

Elle était restée toute droite, écoutant sa condamnation.

– Je n'ai rien à dire, répondit-elle ; j'ai détruit ton bonheur et celui de ton père, c'est vrai ; mais, pour être équitable, en me maudissant, tu dois aussi faire la part de ceux qui s'opposent à ton mariage ; ceux-là sont cruels, car je me repens, et ils n'ont point de générosité.

Cet argument toucha Paul, car il avait déjà en lui-même condamné M. de Cérences pour son impitoyable obstination.

– Je ne les excuse pas, dit-il.

Après un court silence, il ajouta :

– Je n'ai pas dit à mon père le mobile de leur refus ; il ne le saura jamais par moi ; vous pouvez en être sûre.

– Tu m'épargnes, merci, murmura Mme de Grandpré, en joignant lentement ses deux mains devant elle.

– Non ! fit-il durement, ce n'est pas vous, c'est mon père, pour qui j'ai tant de honte et de compassion !

– C'est bien ! fit-elle d'une voix brisée, en se dirigeant vers la porte. Il ne saura rien par moi.

Sur le seuil, elle s'arrêta et se retourna.

– Mon fils ! dit-elle tout bas, avec une inexprimable supplication dans sa voix éteinte.

Il semblait ne point avoir entendu, elle appuya sur la poignée de cuivre, poussa lentement la porte, la referma sans bruit, et disparut.

Il eut alors honte de sa dureté ; mais la souffrance intolérable qu'il ressentait paralysait les mouvements meilleurs de son âme. Malgré tout, il eût voulu pourtant dire adieu à sa mère d'une façon moins cruelle ; mais son père venait à lui, et ne le quitta plus qu'au moment de monter en voiture. Paul partit sans l'avoir revue.

Dès que le bruit des roues eut cessé de se faire entendre, la baronne descendit, un livre à la main, et fit la lecture à son mari, tant que celui-ci voulut l'entendre.

Chapitre XX

Hermine n'avait pas accepté sans appel l'arrêt de son grand-père. Quoique respectueuse et tendre toujours, elle avait eu le courage d'aller le trouver dans la sombre pièce où Paul avait été si maltraité, et là, seule avec lui, elle l'avait sérieusement entrepris.

– Je comprends vos principes, grand-père, lui dit-elle, et même je les admire, parce que ce sont eux qui vous ont fait l'homme que vous êtes. Mais je n'ai point de prétentions à l'héroïsme, je ne suis qu'une jeune fille, et, si vous ne consentez pas à me laisser épouser M. de Grandpré, j'en éprouverai un inguérissable chagrin. Sans doute, vous pouvez me le refuser ; mais moi, je n'en épouserai pas un autre ; je le lui ai promis, et je tiendrai parole.

Le vieillard ne s'était jamais imaginé qu'on pût discuter son autorité, et le discours de sa petite-fille lui parut insensé, au point qu'il n'y attacha aucune importance Les supplications de sa femme eurent plus d'effet sur lui ; mais ce ne fut point un effet heureux. Avec les formes de la politesse la plus exquise, il la blâma fort durement d'avoir autorisé Paul à exprimer ses sentiments.

– Ce n'est pas ainsi, dit-il, qu'on agissait de notre temps, et je ne sache point que vous ayez été malheureuse de m'avoir épousé sans que je vous aie fait une déclaration en règle. Cette petite fille s'est monté la tête, grâce à votre faiblesse, mais elle est raisonnable d'ordinaire, et je pense que son bon sens naturel ne tardera pas à reprendre le dessus.

Quoi que pût dire et faire sa femme, il refusa toujours de considérer autrement les sentiments d'Hermine ; tout ce que la grand-mère put obtenir, ce fut que la demande de M. de Villebois, qui s'était produite dans l'intervalle, fût rejetée sans que la jeune fille en eût été officiellement importunée.

Mme de Cérences avait accompli une tâche pénible, cependant, après s'être demandé mille fois si elle devait se rendre au vœu que Paul lui avait exprimé. Fallait-il révéler à Hermine la faute de Mme de Grandpré, ou convenait-il de la laisser dans l'ignorance ?

Après de longues hésitations, la bonne dame se décida à parler ; non qu'elle crût ainsi détacher sa petite-fille de celui qu'elle aimait avec une si complète abnégation d'elle-même ; elle la connaissait assez, au contraire, pour sentir que la noblesse des façons de Paul serait un motif de le lui rendre plus cher. Elle raconta donc à Hermine, en quelques mots, la faute ancienne de Mme de Grandpré, et les chagrins qui l'avaient suivie ; de cette époque reculée, Mme de Cérences ne put dire que ce qu'elle savait, c'est-à-dire peu de chose ; mais c'était assez pour que la jeune fille ressentît une profonde pitié pour la femme coupable, si durement punie.

– Et lui, demanda-t-elle à sa grand-mère, comment est-il avec elle ?

Mme de Cérences n'en savait rien ; cependant, à se rappeler l'attitude du jeune homme pendant leur entretien, elle crut pouvoir dire qu'il manifestait à l'égard de sa mère une grande froideur.

– Il a tort, dit Hermine, pensive. Elle a beaucoup souffert, et je crois, grand-mère, qu'elle a encore beaucoup plus souffert que personne ne le sait... Songez donc, si elle a appris que c'est elle qui est la cause du refus de mon grand-père ! Elle aime son fils...

– Comment le sais-tu ? fit la vieille dame surprise.

– Pensez-vous, grand-mère, qu'il soit son fils et qu'elle puisse ne pas l'aimer ? Vous l'aimez vous même.

Un sourire d'orgueil innocent vint à ses lèvres, malgré son souci, et Mme de Cérences ne put se tenir de l'embrasser.

– Ma pauvre chérie, lui dit-elle, ton avenir me paraît bien triste.

Hermine fut un instant avant de répondre.

– Grand-mère, dit-elle, Dieu m'est témoin que je souhaite à mon grand-père la vie la plus longue et la plus douce qu'il soit donné à un homme de vivre ; mais, quoi qu'il arrive, je n'épouserai pas un autre que Paul de Grandpré. S'il a de la constance, nous nous marierons quand nous ne serons plus jeunes ni l'un ni l'autre.

– Et s'il venait à se lasser d'attendre, s'il oubliait ? fit la prudente grand-mère. Car on oublie, mon enfant, on oublie même ses haines, – à plus forte raison ses amours...

– S'il oublie, je me souviendrai, dit Hermine lentement. Après les sentiments que j'ai eus pour lui, je ne pourrais sans sacrilège faire à un autre serment de fidélité, car cet autre ne m'aurait jamais tout entière.

Elle embrassa tendrement sa grand-mère et ne fit plus allusion à ce sujet. On eût pu croire qu'elle n'y songeait plus ; mais Mme de Cérences, qui connaissait la force et la fidélité de ce jeune cœur, sut bien qu'il s'était donné pour la vie.

L'été s'écoula tristement, Mme de Grandpré avait supporté le dernier coup qui l'avait frappée avec sa résignation ordinaire ; mais le ressort d'orgueil qui l'avait si longtemps soutenue s'était définitivement brisé. Son mari s'était aperçu de ce changement, non qu'elle fût plus expansive ; mais elle ne se raidissait pas, comme autrefois, contre la moindre démonstration de sympathie de sa part.

Il allait mieux : la douceur d'un été prolongé avait réparé le chagrin que lui avait causé l'échec de son fils. Il se disait d'ailleurs avec raison que, si Hermine était vraiment digne de tendresse, elle saurait conserver ses sentiments jusqu'à la mort de son grand-père. M. de Cérences avait plus de quatre-vingts ans ; ce n'était donc pas une confiance chimérique que de croire à un heureux dénouement dans un avenir peu éloigné.

Malgré la demi-intimité survenue entre sa femme et lui, M. de Grandpré ne lui avait encore jamais parlé du mariage de Paul, car cette intimité était purement superficielle et se bornait aux relations de la vie matérielle. Un pluvieux après-midi d'octobre, à ce je ne sais quoi qui envahit l'atmosphère d'une chambre ou deux personnes sont seules ensemble, il sentit que l'heure était venue où il pouvait parler librement ; le cœur de sa femme était prêt à l'entendre.

Dans la grise lueur du jour baissant, il l'appela par son nom. Elle était assise près d'une fenêtre, cherchant à lire encore, comme le jour où Marsac était venu lui apporter la proposition qui avait bouleversé sa vie, et elle pensait à ce jour.

Au lieu de lui répondre en tournant la tête comme elle faisait d'ordinaire, elle se leva et vint s'asseoir près de son mari.

– Marthe, dit-il, vous savez que je vais beaucoup mieux !

Elle baissa la tête, et murmura :

– Dieu soit loué !

Son pauvre cœur avait tant souffert, elle se sentait si profondément déchirée par tant de blessures qu'elle avait besoin de tendresse. Elle était à une de ces heures où la moindre parole de bonté peut étancher la plus grande soif d'amour.

– Marthe, reprit M. de Grandpré, vous m'avez soigné avec un dévouement sans bornes ; bien peu de femmes, de celles qui ont toujours vécu à leur foyer, auraient montré tant d'abnégation... Il faut que je vous en remercie... Oui, ma chère Marthe, je vous remercie.

Elle laissa couler, – pour la première fois en sa présence, –

des larmes amères et douces, qui lui brûlaient les yeux et lui rafraîchissaient le cœur ; mais elle ne pouvait pas lui répondre.

– Vous ne me dites rien ? fit-il, un peu surpris de son silence. Vous aurais-je blessée ?

– Dites-moi que vous me pardonnez ! fit-elle en s'inclinant soudain vers la main qu'il étendait vers elle.

Elle tremblait, chancelante ; il la retint et la fit asseoir près de lui, sur le canapé.

– Vous pardonner ! Vous savez bien que depuis... ah ! si longtemps ! je ne ressens pour vous que de l'affection.,

Elle pleurait, sans secousses, des larmes intarissables.

– Je ne vous en ai jamais voulu, à partir du jour où Paul... Vous savez ce que je veux dire. Il avait dix-sept ans alors. Ce jour-là, j'ai senti que vous étiez punie. La mort qui a passé sur vous ensuite a purifié votre âme... Et vous avez expié... au-delà de votre faute, Marthe.

Elle se leva.

– Jamais assez ! fit-elle avec véhémence. Jamais assez ! Voyez ce que j'ai fait ! Votre santé ruinée... ma fille mal mariée, mon fils privé de bonheur... Ah ! si l'on savait ! si l'on regardait autour de soi ! si l'on voyait autre chose que soi ! si l'on pensait aux larmes, aux désespoirs qu'on causera ! Mais on ne voit pas, on ne veut pas voir ! On est égoïste, férocement ! Et l'on s'en va, on déshonore ceux qu'on aime, on les déshonore dans le présent et dans l'avenir.

– Non, Marthe, dit doucement M. de Grandpré, on ne les déshonore pas. Je ne me suis jamais senti atteint, j'étais au-dessus de l'injure.

Elle le regarda, les deux bras pendants à son côté, le visage transfiguré,

– Pour cette parole, dit-elle, merci ! Vous venez vraiment de me donner le pardon.

– Quoi qu'ait pu penser le monde, répéta son mari, je ne me suis jamais senti atteint, je vous le jure. Je n'avais point failli, et cela seul eût pu m'amoindrir.

Elle respira longuement.

– Vous avez raison, dit-elle ; mais moi, j'ai failli... Je suis punie,

– oui... et punie comme je n'avais jamais imaginé que ce pût être, punie par la vue du mal que j'ai fait.

– N'y pensez plus, répondit-il. Venez vous asseoir ici, près de moi ; donnez-moi votre main... Il lui prit la main, non plus comme il l'avait toujours fait, par convenance, mais en ami, et posa un baiser sur le front de sa femme.

– Nous voilà vieux, dit-il ; achevons de vieillir ensemble, comme des gens qui s'aiment, comme des amis, de vrais amis éprouvés, qui savent ce qu'ils valent aux yeux l'un de l'autre. Paul doit venir un de ces jours ; qu'il nous trouve ainsi ; ce sera pour lui un exemple

– Il ne me pardonnera jamais, murmura la baronne.

– Vous verrez ! S'il avait le cœur dur, ce ne serait pas votre fils !

Elle ne répondit pas ; elle savait combien son cœur à elle avait été dur, et tremblait en pensant aux épreuves qui l'avaient attendri.

« S'il me ressemble, pensait-elle, il ne me pardonnera qu'avec les années, et alors je serai morte ! »

Chapitre XXI

Paul avait déjeuné chez sa sœur ; si peu de sympathie que lui inspirât son beau-frère, il ne pouvait se dispenser de temps à autre d'accepter une invitation. Gilberte lui en voulait de la façon dont il lui avait parlé, mais d'Égrigné n'avait garde de manquer à ses devoirs ; autant il était résolu à ne pas tenir compte de Mme de Grandpré, autant il tenait à garder de bons rapports avec son beau-père et Paul, qui, par les relations de l'un et le bel avenir de l'autre, pouvaient lui rendre les plus grands services.

D'Égrigné fut appelé dans son cabinet ; le frère et la sœur restèrent en tête-à-tête, ce qui ne faisait plaisir ni à l'un ni à l'autre.

– Mon père va bien ? demanda-t-elle.

– Pas mal. Depuis son retour de la Vernerie, il est un peu plus fatigué, naturellement ; mais sa santé, au fond, est bonne. Je n'aurais jamais cru qu'il pût si bien se remettre, après la crise qu'il a eue en été.

Gilberte ne répondit pas. Dans sa nouvelle famille, dont elle ne faisait pas le moindre cas, elle s'était habituée à ne guère s'intéresser à l'ancienne. Les sous-entendus dédaigneux de Mme d'Égrigné avaient porté fruit ; la jeune femme s'était détachée des siens sans s'attacher à d'autres. Son orgueil blessé lui faisait presque renier sa mère, et son père lui paraissait avoir cédé à la faiblesse en rappelant Mme de Grandpré dans sa maison. Elle serait seule dans la vie, car elle ne ressentait point d'amour pour son mari. Cette solitude ne l'effrayait pas : elle la remplirait avec des plaisirs et des triomphes personnels.

– Voyez-vous du monde ? demanda-t-elle.

– Peu. À présent que tu es mariée, ce n'est plus la peine de recevoir un tas de gens... Nous ne voyons que des amis.

– Je sais ; il n'y a presque personne au jour de ma mère. Si je n'y allais régulièrement, je crois que, souvent, le timbre ne résonnerait pas de toute la journée !

Ce n'était point exact, et Paul le savait ; ce parti pris le blessa, moins parce qu'il attaquait sa mère que pour le renom de la maison.

– C'est que tu choisis peut-être pour te présenter le moment où les autres ne viennent pas, dit-il, car je sais que ma mère a été chaleureusement accueillie à son retour de la campagne.

– C'est possible, rétorqua Gilberte ; pour ma part, je n'ai guère rencontré que l'inévitable Marsac.

Elle avait prononcé ce nom avec une intention que Paul comprit.

Même si Marsac ne s'était point montré pour lui le même ami sûr qu'il avait été pour son père et sa mère, le sens de rectitude du jeune homme se fût trouvé froissé par une insinuation de ce genre. Il avait dit à Mme de Grandpré qu'il ne lui pardonnerait jamais, et cependant, il la plaçait haut dans son estime ; l'idée que sa sœur, élevée par leur mère, que cette ingrate Gilberte, pour laquelle avait été accompli le douloureux sacrifice d'orgueil de l'épouse déchue, pouvait douter des sentiments de Marsac et de sa situation dans la maison, lui parut franchement odieuse.

– Marsac est un ami comme on n'en rencontre guère, dit-il ; mon père et moi, nous avons senti le prix de son affection.

– Recevez-le tant qu'il vous plaira, alors, riposta vivement Gilberte ; mais faites-lui comprendre que ses assiduités chez ma mère sont vues d'un mauvais œil...

– Par ta belle-mère ? fit Paul en se levant. Ma chère sœur, écoute un conseil, qui est une leçon. Si Mme d'Égrigné mère a l'âme assez basse pour oublier ce qu'elle doit à la famille de Grandpré, celle qui fut Gilberte de Grandpré devrait avoir assez de fierté pour l'en faire souvenir. En ce qui me concerne, souviens-toi, ma sœur, que je me suis battu pour l'honneur de ma mère, et que je suis prêt à recommencer.

– Avec moi ? fit Gilberte d'un ton railleur.

– Avec tout homme, responsable ou non de tes actions, qui se permettrait une parole ou une insinuation malveillante. Adieu, ma sœur.

– Au revoir, mon frère, dit-elle tranquillement, malgré la rougeur de son visage et l'éclat de ses yeux pleins de colère.

Il sortit.

Elle fit quelques pas sur le tapis, dans un violent accès d'humeur ; sa langue l'avait trahie ; la contradiction l'avait portée à dépasser de beaucoup ce qu'elle avait dans l'esprit, et elle s'en voulait de n'avoir pas été plus maîtresse d'elle-même.

– Ah bah ! tant pis ! se dit-elle enfin, après avoir réfléchi un instant. Paul n'ira pas le répéter, et puis, quand même !

Congédiant ainsi l'incident, Gilberte retourna à ses plaisirs, non sans un secret mécontentement d'elle-même ; mais ce sentiment devait s'effacer bien vite.

Le soir même, Paul reçut un billet de Mme de Cérences, à laquelle il écrivait de temps en temps. D'ordinaire, elle ne lui répondait pas, et il fut surpris de reconnaître son écriture ; depuis quatre ou cinq mois, il n'avait aperçu Hermine que de loin, à la Madeleine, ou il se rendait quand il ne pouvait plus contenir son impatience ; un salut échangé suffisait alors à lui rendre courage, car le regard qui l'accompagnait valait tout un volume.

« J'ai répété à mon enfant ce que vous désiriez qu'elle sût, écrivait la grand-mère. Elle dit que vous restez le même à ses yeux. Elle veut aussi que je vous dise de ne pas désespérer. M. de Cérences l'a surprise en larmes hier, et l'a caressée avec une tendresse particulière. Nous ne savons encore si cette disposition se continuera, mais elle trouverait injuste de ne pas vous faire partager le rayon d'espoir qu'elle a entrevu. »

Paul était trop accoutumé à la souffrance, trop vainqueur de ses illusions pour donner beaucoup d'importance à ce petit fait ; mais la lettre en elle-même était le gage de tendresse le plus assuré qu'il eût encore reçu.

Son âme s'en trouva illuminée ; après tant de sombres jours, une lueur douce et tendre pénétrait en lui, changeant l'aspect de toutes choses. Il songea à sa sœur ingrate, et aussitôt à sa mère calomniée ; la pitié se fraya un chemin de son cœur orgueilleux jusqu'à ses lèvres, et un mot qu'il n'avait jamais prononcé lui vint tout à coup : « Ma pauvre mère ! »

Depuis qu'il avait signifié à Mme de Grandpré l'arrêt sous lequel elle avait plié sans résistance, il avait vu bien des choses jusqu'alors invisibles pour lui. La façon toute différente dont son père parlait à la baronne, la manière dont celle-ci lui répondait, lui avaient appris que l'épouse réhabilitée avait repris non seulement sa place d'apparat, mais son rôle moral dans la maison.

La beauté du caractère de son père avait toujours été pour Paul un sujet d'admiration : cette fois, il comprit que ce n'était pas uniquement par grandeur d'âme que M. de Grandpré témoignait à sa femme une affection sérieuse et réelle ; il comprit que, tout au fond de lui-même, il fallait que l'époux eût gardé non seulement de la tendresse, mais de l'estime pour celle que la passion avait jadis écartée du droit chemin.

Une fois entré dans cette voie, le jeune homme ne pouvait fermer plus longtemps les yeux sur son erreur. Sa cruauté lui apparut sous son vrai jour. Est-ce donc vrai que nous devons souffrir nous-mêmes pour apprendre à mesurer la souffrance des autres ? Son âme adoucie jugea sévèrement sa conduite antérieure : puisque Hermine passait outre, pouvait-il encore condamner ?

Poussé par une singulière émotion, il regarda la pendule. Dix heures sonnaient à peine ; à ce moment, ses parents devaient se trouver ensemble dans le cabinet de M. de Grandpré, où ils passaient volontiers la soirée quand ils étaient seuls. Il se leva, encore incertain de ce qu'il allait faire ; son âme était indécise, et ses pieds le portaient vers eux. Il entra et s'arrêta sur le seuil.

Étendu dans un fauteuil, son père écoutait la lecture que lui faisait à haute voix la baronne. Les mains molles, tout le corps affaissé dans un repos plein de charmes, il suivait des yeux les moindres mouvements de la lectrice ; on voyait sans peine qu'il était heureux de l'entendre et de la voir. Elle... Le cœur de Paul se serra. Jamais il n'avait vu combien elle était changée depuis leur dernier entretien. C'était alors une femme dans tout l'éclat de la maturité ; ses cheveux gris seyaient bien à son front sans rides ; en la voyant, on songeait non à son âge présent, mais à sa beauté.

Maintenant, ses cheveux étaient tout blancs ; leur fière couronne surmontait un visage émacié, transfiguré, dont l'expression n'était presque plus terrestre. Elle pouvait avoir soixante-dix ans, ou cinquante, peu importait ; elle n'était plus qu'une âme, une âme meurtrie, aux ailes brisées.

Au bruit léger qu'avait fait Paul en entrant, elle avait tourné la tête. En l'apercevant, elle reporta les yeux sur son livre, avec l'expression humble et résignée qu'elle avait presque toujours en sa présence.

Il l'avait vue cent fois ainsi, sans en être frappé ; maintenant, il en fut navré ; M. de Grandpré le regardait, un peu surpris de cette visite tardive dont il était déshabitué ; le jeune homme s'approcha et posa une main sur le dossier du fauteuil paternel.

– Mon père, dit-il, j'ai une grâce à vous demander ; voulez-vous bien prier ma mère de me pardonner ?

Elle le regardait, sans comprendre. Il ne pouvait pas vouloir dire cela, il se trompait... Il s'approcha lentement, se pencha vers elle, et prit la main qu'elle n'osait avancer.

– Maman ! dit-il.

Elle ouvrit ses bras et les referma sur lui, étroitement, sans proférer un son. Par-dessus la têta inclinée de son fils, elle regarda son mari, de ses yeux dilatés par on ne sait quel sentiment surhumain, puis les referma, savourant une joie trop profonde pour les paroles et même pour les larmes.

Chapitre XXII

Trois mois s'étaient écoulés sans que Paul trouvât l'occasion de parler d'Hermine ; il la voyait maintenant tous les dimanches à l'église. M. de Cérences, très affaibli, ne sortait plus, et parfois le jeune homme se hasardait à demander de ses nouvelles à la grand-mère ; ce n'était qu'un mot et qu'un regard ; mais, quand on est malheureux, on peut se faire beaucoup de joie avec très peu de chose. Un jour, il eut une idée triomphante : il parut à la messe d'une heure avec Mme de Grandpré.

Ce jour-là, il ne put aborder Mme de Cérences ; mais les deux femmes s'étaient comprises du regard. En rentrant au logis, la grand-mère dit à Hermine :

– Je ne sais pas qui pourrait jeter la pierre à cette femme-là ! Si elle a failli, elle a expié, car je n'ai jamais vu pareille expression sur un visage vivant !

Cette rencontre, qui avait mis toutes les joies du paradis au cœur de Mme de Grandpré, donna à Hermine la force de tenter une nouvelle démarche auprès de son grand-père. Depuis qu'elle luttait pour son amour, elle avait pris une force qu'elle ne s'était jamais soupçonnée, et telles paroles sortaient maintenant de sa bouche, qui remplissaient l'aïeul d'étonnement.

– Où cette gamine va-t-elle chercher de pareils raisonnements ? disait-il parfois, bouleversé.

– Elle est devenue femme par le cœur, répondait la grand-mère. Vous savez, mon ami, qu'elle épousera M. de Grandpré quand nous n'y serons plus...

– Au moins, je ne le verrai pas ! grommelait le grand vieillard.

Il fut encore plus surpris le jour où sa petite-fille vint s'asseoir tout près de lui, dans le grand cabinet sombre qui avait l'air d'un puits.

– Grand-père, dit-elle en posant sa main sur ses doigts osseux, il faut que vous répondiez à une question que je vais vous faire, s'il vous plaît.

– Parle, dit-il, amusé de la voir souriante.

– Pourquoi, grand-père, vous qui m'aimez si tendrement, ne voulez-vous pas que je vous pleure dans toute la sincérité de mes regrets, lorsqu'un jour, le plus tard possible, Dieu vous rappellera à lui ?

– Comment, comment ?... fit l'aïeul courroucé.

– Grand-père, j'aurai une joie infinie à épouser M. de Grandpré, et vous la gâterez, si je dois penser que cette joie devrait être achetée au prix de votre perte ; tandis que si vous consentiez à nous bénir, je serai heureuse sans mélange à présent, et, plus tard, nous serions deux à vous pleurer.

M. de Cérences était resté muet d'étonnement.

– Petite masque ! fit-il quand il eut recouvré la parole, tu veux me faire entendre que tu te réjouiras de ma mort, parce qu'elle te permettra d'épouser ce jeune homme ?

– Oh ! grand-père, si c'est ainsi que vous l'entendez, fit Hermine en l'embrassant, je vous demande pardon et vous prie de faire comme si je n'avais rien dit.

Elle le quitta sans insister, mais il avait été frappé de ce raisonnement si simple, qu'on ne fait jamais soi-même et que personne n'a le courage de vous présenter.

– Je ne sais pas, dit-il à sa femme, où elle a pris l'aplomb de me parler ainsi !

– Que voulez-vous ? répondit la bonne créature, les ingénues ont de ces audaces !

Après avoir réfléchi pendant huit jours, il se décida ; le temps était beau, il donna ordre d'atteler, et, sans prévenir personne, se rendit chez M. de Grandpré.

Leur entrevue fut courte et satisfaisante. Le lendemain, les deux jeunes gens, encore éblouis de la soudaineté de leur bonheur, dînaient à la même table chez M. de Cérences. Le cabinet, somptueusement éclairé, n'avait plus l'air d'un puits, et les deux femmes, assises l'une près de l'autre, celle qui n'avait jamais péché et celle qui avait expié, portaient sur leur visage la même expression de joie en regardant leurs enfants.

Pendant quelques mois, Mme de Grandpré se crut tout à fait heureuse ; les jeunes époux l'entouraient de prévenances ; ils s'efforçaient ainsi d'atténuer les torts de Gilberte, qui s'enfonçait dans une vie de dissipation, peut-être pour étouffer le regret de s'être mariée si inconsidérément. Mais ce fragile bonheur, dont la base était minée, ne devait pas se prolonger.

Vers les premiers jours de juin, M. de Grandpré, s'étant imprudemment exposé à la fraîcheur d'une soirée trompeuse, fut saisi de fièvre et de délire. C'était une fluxion de poitrine d'une extrême violence, qui eut trop vite raison d'une constitution affaiblie.

Avec un courage et une énergie qui dépassaient tout ce qu'elle avait montré jusque-là, Mme de Granclpré lutta pour sauver son mari, qu'elle ne quitta pas un instant ; mais tout était inutile : il mourut en lui serrant la main, avec un sourire de paix sur les lèvres, et, dans la mort, il conserva cette expression reposée, qui fut la suprême consolation de sa veuve.

Quand elle eut accompli sa tâche, Mme de Grandpré refusa de vivre avec son fils, qui l'en suppliait. Elle savait trop bien que de telles propositions, si naturelles aux heures de la douleur, sont souvent suivies de regrets par la suite. D'ailleurs, sa longue habitude de souffrir en silence la rendait ombrageuse, et, comme les animaux blessés, elle ne souhaitait qu'un coin obscur où se terrer pour mourir.

Elle vécut encore deux ans, oubliée de ses contemporains, négligée de sa fille, aimée seulement par Paul et Hermine, qui semblaient vouloir lui faire oublier ce qu'elle avait souffert à cause de son fils.

Marsac était son visiteur fidèle et quotidien. Lorsqu'elle était retournée à la solitude, il s'était fait un devoir de lui apporter, tous les jours, une poignée de fleurs.

– L'amoureux de maman ! disait Hermine avec une grâce innocente, où Paul lui-même ne pouvait rien reprendre.

Quand elle eut cessé de vivre, Marsac suivit le char funéraire jusqu'au bout de sa course ; il vit descendre la bière dans le caveau et revint chez lui dans un état d'esprit bizarre. Il n'était pas triste ; il éprouvait plutôt un sentiment de délivrance, comme s'il venait de donner la volée à un oiseau longtemps prisonnier.

Au lieu de se mettre au travail, il ouvrit un tiroir et y prit les lettres de la baronne, qu'il relut lentement. Quand il eut fini, il les remit en ordre avec un pieux respect et les lia d'un ruban fané.

– L'amoureux de maman ! dit-il avec un faible sourire. Mme Hermine de Grandpré pourrait bien avoir raison… Cette femme, que j'ai connue alors qu'elle était morte au monde, pourrait bien être la seule que j'aie vraiment aimée !…

Il ouvrit sa fenêtre ; les hirondelles volaient autour de la maison avec des cris de joie.

– Elle a bien fait de mourir, pensa-t-il ; pour une âme comme la sienne, c'était le seul moyen de briser la chaîne du passé !

ISBN : 978-3-96787-623-9

www.ingramcontent.com/pod-product-compliance
Lightning Source LLC
LaVergne TN
LVHW040102080526
838202LV00045B/3745